Linde Richter

Maison Chouette
Mein Ferienhaus in der Champagne

Roman

Linde Richter

**Maison Chouette
Mein Ferienhaus in der Champagne**

Roman

Bibliografische Information der Deutschen Nationalbibliothek:
Die Deutsche Nationalbibliothek verzeichnet diese Publikation in der Deutschen Nationalbibliografie; detaillierte bibliografische Daten sind im Internet über http://dnb.dnb.de abrufbar.

Coverfoto: Linde Richter
Autorenfoto: Gabriela Leonhardt

Herstellung und Verlag: BoD – Books on Demand, Norderstedt

ISBN: 9 783748 183181

Liebe Leserin,
Lieber Leser,

Dies ist ein Roman, aber so oder so spielt das Leben. Der See existiert, ebenso die Landschaft, sogar das Eulenhaus ist echt.

Liebe Freunde,
Liebe Nachbarn,

Ihr habt so starke Charaktere, dass Ihr mich für die eine oder andere Person in diesem Roman inspiriert habt. Dafür seid Euch gedankt.

Trotzdem, alle Personen und Handlungen sind frei erfunden, Ähnlichkeiten mit lebenden oder verstorbenen Persönlichkeiten sind rein zufällig.

1

Der verstorbene Cousin meiner Mutter hatte mich mit dem Wohnwagen beglückt. Die sechzigtausend Euro Barvermögen hatte der örtliche Geflügelzuchtverein als Grundstein für sein neues Vereinsheim bekommen. So ungerecht kann das Leben manchmal sein.

Das cremefarbene „Ding" stand seit zwei Jahren nutzlos im Hof und versperrte unseren Eingang. Wir quetschten uns täglich daran vorbei, um über die engen Stufen in das Haus zu gelangen. Jeder Einkauf wurde ein Balanceakt zwischen Blech und Stufen, Tüten und Paketen. Unser Auto musste auf der Straße bleiben und bescherte uns ein paarmal im Jahr abgebrochene Außenspiegel und ungemütliches Eiskratzen im Winter.

Dieses Jahr sollte alles anders werden. Miriam und Daniel hatten uns in ihr Ferienhaus nach Frankreich eingeladen, wo sie seit zwei Jahren jede verfügbare

Minute nutzten, um es einigermaßen bewohnbar zu machen. Ihre Wiese sollte unser Campingplatz werden, und wir sollten Land und Leute kennenlernen.

Ich warf einen Blick auf Andreas, der sich konzentriert aus dem Frankfurter Kreuz ausfädelte.

»Hast du an die Frankfurter Würstchen gedacht?«

Ich war in meiner Schulzeit eine mehr oder weniger begeisterte Austauschschülerin gewesen, die sich mit Schaudern an die blassen Wurstscheiben in Paris erinnerte. Die sogenannten Frankfurter hatten in der französischen Metropole eine labberige Haut und schmeckten wie ausgekochte Socken.

»Zwei vakuumversiegelte Pakete liegen in der Küchenkiste. Dazu Sahne-Meerrettich, Handkäs vom Bauernmarkt, Kümmel, Graubrot und drei Kästen deutsches Bier.« Andreas kannte seine Bedürfnisse.

Für den Inhalt der Küchenkiste war mein Mann zuständig. Er hatte mir hoch und heilig versprochen, dass er dieses Mal im Urlaub kochen würde. Zusätzlich wollte er sich um die Technik rund ums Auto und dem „Ding", dem Wohnwagen, kümmern. Ich war fürs Packen verantwortlich und hatte auch versprochen, für die Sauberkeit im Wohnwagen zu sorgen.

Ich hatte wahllos ein paar Badesachen, Sommerkleidung, Toilettenartikel, Bettwäsche und Handtücher in die Transportkisten gepackt. Das musste genügen, alles andere konnte man kaufen.

Andreas saß, wie üblich bei längeren Reisen, am Steuer. Neben mir lag eine ausgedruckte Wegbeschreibung, um in die 400 Kilometer entfernte Champagne zu reisen. Unser Navi war beim Packen runtergefallen und leider kaputt gegangen.

Kurz hinter Mainz kamen die übliche Frage: »Hast du an die Ersatzbrillen und an die Pässe gedacht?«

Ich kramte in meinem vollgestopften Umhänge Beutel: Adressbuch, Medikamente, Handy, Geldbörse, Lippenstift, eine Socke. Eine Socke? Die Ersatzbrillen waren drin und unsere Personalausweise auch. Braucht man in der EU noch Pässe?

Ich zermarterte mir das Hirn, um nach wichtigen Dingen zu forschen, die ich vielleicht vergessen haben könnte. In Gedanken spazierte ich durch den Wohnwagen: da war das Doppelbett auf der einen Seite, Tisch und Eckbank auf der anderen. Dazwischen so etwas wie eine Kombüse und ein Chemie-Klo, sowie massenhaft Stauraum. In meinem Fall ohne Kenntnisse des Inhalts. Ich hatte im vollsten Vertrauen an den Verblichenen nicht ein einziges Mal in die Einbauschränke oder in die Schubladen geschaut, geschweige denn einen Lappen in die Hände genommen. Mir wurde etwas mulmig zumute. Mein Gewissen zwickte mich ordentlich, und ich versuchte mit meinem Geplapper abzulenken.

»Reichen zweimal Bettzeug zum Beziehen für vier Wochen? Ich habe dir die beiden neuen Schlafanzüge vom letzten Weihnachten eingepackt. Brauchen wir Zahnputzgläser?«

Mein Göttergatte schnaufte. Das war kein gutes Zeichen, besser ich hielt jetzt den Mund. Und die Pässe hatte ich auch vergessen.

Rechts und links tauchten spärlich begrünte Weinberge auf, ab und zu ragte ein Kirchturm über die Hügel. Schilder mit vielversprechenden Namen wie Donnersberg, Winnweiler und Otterberg regten meine Fantasie an. Die Pfalz ist dünn besiedelt und die A63 wenig befahren. Als wir die Grenze bei Saarbrücken erreicht hatten, fragte kein Mensch nach unseren Pässen.

Ich konzentrierte mich weiter auf die Ortsschilder und las laut vor.

Andreas schnaufte schon wieder. Schon gut, ich habe vielleicht nicht viel Erfahrung mit französischen Ortsnamen und mache Fehler in der Aussprache, aber ich freute mich über die mit Blumenkästen geschmückten, verträumten Dörfer mit den vielen „y" am Ende: *Many, Buchy, Vigny…*

Wir zählten insgesamt zwölf Ortschaften mit dieser für mich eher Englisch klingenden Endung. Der abfallende Putz an den Häusern wurde von früh-blühenden Rosensträuchern verdeckt. Statt Gehwege säumten breite Grasflächen die Straßenränder vor den Häusern. An den Brücken schmückten Kästen mit bunten Blumen das Geländer. Die Sonne malte zwischen den Blättern der Bäume flirrende Lichter auf die schmalen, endlos erscheinenden Alleen.

Ich hatte Kaffeedurst. Wir entdeckten eine *Bar-Tabac* direkt am Straßenrand und hielten unter einem Lindenbaum im Schatten. Vor der Kneipe standen Tische und Stühle aus braunem Plastik unter hässlichen Sonnenschirmen, mit dem Schriftzug *Miko*. Ein krasser Gegensatz zu der ländlichen Idylle.

Die Besitzerin kam nach draußen und fragte mürrisch nach unseren Wünschen.

« Deux cafés au lait, s'il vous plait, madame. »

Ich staunte nicht schlecht. Seit wann spricht mein Mann Französisch?

Er erklärte es mir: »Ich war Austauschschüler in Frankreich, und meine erste Liebe hieß Chantal. Wir haben uns nach der Schule noch drei Jahre lang geschrieben. Sie in Deutsch, ich in Französisch.«

Wie bitte? Erste Liebe? Chantal? Kitschiger ging's wohl kaum noch. Mir verschlug es kurz die Sprache. Nun war ich schon einige Jahre verheiratet und musste erfahren, dass es noch immer völlig unbekannte Seiten an dem Mann an meiner Seite gibt.

»Du hast eine Französin zur Geliebten gehabt?«

Ich neige manchmal zu Übertreibungen, wie mir mein Ehemann auch postwendend bestätigte: »Ach Lilly-Schätzchen, nur als Freundin. Sie war zwar meine erste Liebe, aber leider nur eine Brieffreundin.«

Lilly-Schätzchen, das bin ich. Und wenn es dick kommt, dann bin ich Liliane. Das ist mein Taufname und wird in dieser Form nur in absoluten Krisenstimmungen genutzt. Mir fiel ein Stein vom Herzen. Eine Französin als Vergleich wäre mir sichtlich schwergefallen, und ich stellte fest, dass ich noch immer ganz schön eifersüchtig sein konnte.

Die Wirtin schlurfte mit zwei Tassen in den Händen an unseren Tisch, und mein Liebster verwickelte sie in ein Gespräch über das Wetter, den Verkehr und das Leben im Allgemeinen. Soviel bekam ich mit, der Rest versank in einem schnellen Abtausch von mir unbekannten Vokabeln.

»Wir fahren an der nächsten Kreuzung rechts ab. Sie hat uns einen kleinen Umweg durch das blühende Mirabellental empfohlen.«

Andreas fing an, leise vor sich hin zu summen und hatte noch immer das charmante Plauderlächeln in den Augenwinkeln.

Die schmale Straße schlängelte sich zwischen blühenden Bäumen und Wolken weißer Blüten. Kein Auto weit und breit, und die Vögel sangen ihre Freude aus voller Kehle in den sonnigen Himmel. Es war atemberaubend schön.

»Rechts oder links?«

Die Ortsnamen sagten uns beiden nichts. Wir entschieden uns für rechts. Das war ein Fehler. Links die Böschung hoch und rechts die Böschung runter, gab es keine Chance zu wenden. Ein kleiner Rehbock stand plötzlich vor uns und beäugte uns kurz. Dann war er weg.

»Oh Gott, oh Gott! Hast du Ersatzreifen dabei?«

Ich verkrampfte meine Finger. Andreas Blick bewies, dass nur Frauen so blöde Fragen in kritischen Situationen stellen konnten, und ich versank schweigsam im Autositz.

Nach zwanzig Minuten kam endlich ein Schild in Sicht, das unser Ziel, den *lac du Der-Chantecoq* auswies. Die letzten fünfundvierzig Kilometer fuhren wir auf einer gut ausgebauten Schnellstraße in Richtung Kreisstadt, danach auf einer verträumten Landstraße nochmal gut vierzig Minuten bis in das Dorf unserer Freunde.

Die saßen bereits vorm Haus und warteten auf uns.

»Herzlich Willkommen im Eulenhaus. Hattet ihr eine gute Fahrt? Habt ihr Durst?«

Als der Wohnwagen endlich abgekoppelt und gesichert auf der Wiese stand, atmeten wir erst einmal tief durch. Geschafft! Die Luft war frisch, die Vögel zwitscherten, und die Ruhe fast greifbar. Wir waren müde, aber glücklich und endlich bei unseren Freunden am See. Hoch die Tassen oder viel mehr die Gläser und *bienvenue en France*. Das Gebräu aus *Picon*, einem französischen Aperitif-Likör, Bier und einem Spritzer Zitronensaft haute uns aus den Socken. Wir fielen ohne Essen in die Betten. Waschen war morgen.

📖

Die Sonne schien mir ins Gesicht. Andreas saß am Bettrand und hielt mir eine Tasse Kaffee unter die Nase.

»Gut geschlafen, mein Schatz? Das Frühstück ist fertig. Miriam und Daniel warten schon auf uns.«

Ich rekelte mich genüsslich. Das Bett war überraschend bequem gewesen, wenn auch die müffelnde Reisekleidung etwas gestört hatte. Mein Kopf fühlte sich an wie Watte mit Waber. Diese *Picon-Bières* haben es in sich. Ich trank schnell meinen Kaffee aus und schwang die Beine aus dem Bett. Nach einer Katzenwäsche und hastig übergezogenen frischen Klamotten, kletterte ich aus dem Wohnwagen und streckte mich ausgiebig.

Urlaub ist was Herrliches!

Vor dem Haus unserer Freunde war der Tisch mit einer blau-weißen Tischdecke, blauem Geschirr und einem Krug frisch gepflückter Wiesenblumen gedeckt. Croissants, goldgelbe Butter, Honig vom Imker, hauchzarter Landschinken und ein göttlich cremiger Weichkäse, sowie knackige Baguettes ließen uns ordentlich zugreifen. Hummeln summten, und Schmetterlinge taumelten sonnenhungrig zwischen bunten Frühlingsblumen vor unserer Terrasse.

»Wir könnten heute an den *lac du Der-Chantecoq* fahren, was haltet ihr davon?«

Den Namen des Sees konnte ich nicht aussprechen, die Übersetzung aber kannte ich bereits aus den unzähligen Berichten unserer Freunde. Der See wurde nach einem der versunkenen Dörfer „Zum krähenden Hahn im Eichenwald" benannt. 1973 waren mehrere kleine Seen, drei Dörfer und ein paar Bauernhöfe geflutet worden, um die einhundertachtzig Kilometer weit entfernten Pariser bei Hochwasser vorm Ersaufen zu retten. Kurz erklärt, fließt die Marne in die Seine und beide Flüsse haben im Frühjahr sehr viel Wasser im Gepäck. Der flach eingedeichte Stausee reguliert die

Marne und die Seine über zwei Kanäle, und die Pariser haben seit einigen Jahren wieder trockene Füße.

Wir waren schon neugierig auf dieses Wasserparadies und nach ein paar Minuten Fahrt im großräumigen Citroen unserer Freunde, breitete sich eine silbrig schimmernde Fläche vor unseren Augen aus. Achtundvierzig Quadratkilometer Wasser soweit das Auge reicht. Segler und Surfer ließen sich von einer kräftigen Brise tragen. Zwei Fischerboote dümpelten am Uferrand. Ein paar Spaziergänger auf dem Deich, ein paar Touris auf dem Weg zum Fremdenverkehrsamt und wir vier. Mehr war nicht.

Die Sonne schien zwar kräftig, aber zum Baden war es noch zu kalt.

»Im Hochsommer ist hier der Teufel los«, erklärte uns Daniel. Miriam fiel ihm ins Wort, »zumindest an den Wochenenden und in den Schulferien. Aber unter der Woche ist hier tote Hose, und das hat uns an der Gegend so gereizt. Kein Massentourismus, gutes Essen und billige Häuser.«

Ich schaute etwas irritiert, von wegen „billige Häuser". Mag ja sein, dass sie das Häuschen billig erworben hatten, aber wenn ich an die vielen

Arbeitsstunden denke, die irrsinnigen Mengen an Baumaterial und die vielen Kisten und Kasten, die die beiden von Deutschland nach Frankreich geschleppt hatten, dann sage ich dazu lieber nichts. Rein gar nichts. Aber gutes Essen, das war definitiv mein Stichwort.

»Gehen wir heute ausnahmsweise mal Essen?«

Ich hatte null Bock auf die Kochkünste meines Mannes und schaute Andreas und meine Freunde erwartungsvoll an. Wir hatten ausgemacht, dass Andreas im Urlaub das Kochen übernehmen würde und ich in der Küche keinen Finger rühren musste.

»Wir gehen in den Dorfkrug. Am See ist es teurer.« Unsere Freunde kannten sich aus.

Der Dorfkrug hieß „Zum Stern" und sah etwas untergegangen aus. Am Tresen saß ein Mann in grünem Loden mit einem Jagdhund an der Seite. Die beiden sahen auch etwas vergänglich aus. Dahinter werkelte eine mürrisch blickende Frau. Eine weit verbreitete Eigenschaft französischer Wirtinnen, dachte ich mir.

Wir setzten uns vor die Kneipe an einen braunen Plastiktisch mit braunen Plastikstühlen, unter einen hässlichen Sonnenschirm mit dem Schriftzug der Firma

Miko. Neben uns unterhielten sich ein paar Touris auf Holländisch.

Unsere Bestellung erwies sich als eine geglückte Zusammenstellung heimischer Produkte, die der Ehemann der Mürrischen mit viel Liebe und noch mehr Kochkunst auf den Tisch gebracht hatte.

Ich stieß Andreas unterm Tisch ans Schienbein. »Da musst du dich aber ordentlich ranhalten, um mithalten zu können.«

Er wischte sich die Himbeersauce aus dem Mundwinkel und nuschelte etwas wie, mit guten Produkten sei das keine Kunst, oder so ähnlich.

Ich erkundigte mich sofort bei Miriam nach der nächsten Tankstelle, den nächsten Einkaufsmöglichkeiten und dem Wochenmarkt. Der Blick zu meinem Angetrauten sagte auch ohne Worte: So mein Lieber, diese Pfründe sind gesichert, ab jetzt bist du dran.

Vor Sonnenuntergang kramte Andreas leise schimpfend im Stauraum unter dem „Ding" herum.

»Ich weiß genau, dass da ein Grill und ein paar Stühle waren.«

Er kramte weiter und hatte bald Erfolg.

Als die Sonne kitschig und glutrot hinter dem Flüsschen am Horizont unterging, hatte er einen Campingtisch, vier Campingstühle und einen total versifften Holzkohlegrill aufgebaut. Nach meiner Einschätzung war Grillen für den heutigen Abend kein Thema mehr. Also aßen wir Frankfurter Würstchen *Made in Germany* mit Sahne-Meerrettich und Graubrot. Dazu deutsches Bier.

Als Miriam und Daniel zu uns stießen, gab es noch mehr Bier. Trotzdem klappte es diesmal mit Ausziehen und Waschen vor dem Schlafengehen.

📖

Am nächsten Tag war Markttag. Nicht im Dorf, aber sieben Kilometer weiter in einem überschaubaren Städtchen mit Post, Bank, Friseur und ein paar weiteren Geschäften.

Wir bummelten über den kleinen Platz und nahmen uns viel Zeit zum Gucken. Einfache Bauernstände, Verkaufswagen mit Wurst- und Fleischwaren, ein Käsewagen und ein Fischwagen, dazwischen Tische mit Schuhen und Kurzwaren, ein paar Kleiderständer mit sehr kurzen Kleidern und noch kürzeren Röcken. Ein tiefschwarzer Afrikaner pries seine handgeflochtenen Taschen an, und nebenan versuchte ein Schreiner seine Kleinmöbel aus Eichenholz und Matratzen an den Mann zu bringen.

Andreas kaufte Gemüse, kaufte Obst, kaufte Wurst und kaufte Fleisch. Danach ging er an einen Stand mit mediterranen Delikatessen und danach noch an den Brotwagen. Am Weinstand durfte man probieren. Das Einkaufen nahm kein Ende.

»Du, nächste Woche ist hier wieder Markt. Und der Kühlschrank in dem „Ding" ist ziemlich klein.«

Er hört nie auf mich, warum also jetzt?

Wir schleppten die Tüten ins Auto und fuhren zur Tankstelle. Der Dieselkraftstoff heißt hier *Gazole* und ist billiger als in Deutschland. Prima, dann können wir nach dem Mittagessen ein wenig durch die Gegend fahren.

Vor dem Campingwagen legte ich die Füße hoch und verbrachte die Zeit mit einem Buch des Verblichenen.

Andreas schrubbte den Grill und füllte ihn mit herumliegenden Ästen. Ich schaute skeptisch.

»Das machen alle Franzosen so. Jedenfalls die auf dem Land. Ich kenne das noch aus meiner Schulzeit.«

Was mein Liebster so alles weiß. Die Flammen loderten plötzlich stichartig in den Himmel, und ich hörte ihn leise fluchen. Nach einer Weile schmiss er zwei dicke Steaks auf die Glut und drapierte Gurken, Tomaten, Oliven und eingelegte Sardellen auf einen großen Teller. Dazu eine Vinaigrette aus Essig, Öl, Salz und Pfeffer, mit etwas Senf verschlagen. Im Brotkorb lagen die gebrochenen Hälften einer goldbraunen Baguette. Er entkorkte eine Flasche Rotwein und drückte mir einen Schmatz auf die Wange.

»Essen ist fertig.«

Also wirklich, der macht es sich leicht mit dem Kochen, dachte ich mir. Ich schaute kritisch auf meinen Teller, war aber bald mit dem butterzarten, leicht blutigen Steak versöhnt. Die Tomaten schmeckten köstlich, gar nicht wie unsere Holland-Tomaten, und der Salat war frisch und sehr pikant mit den eingelegten Sardellen gewürzt. Ich war mit der Welt zufrieden und nach drei Gläschen Rotwein ordentlich müde.

Andreas trug mich in das cremefarbene „Ding" und hielt mich auf seine eigene, sehr romantische Art vom Einschlafen ab. Danach fielen wir beide in tiefe Träume.

Ich träumte von Förderbändern, die knirschten und kreischten. Schließlich wachte ich auf.

Die Sonne lachte mir ins Gesicht, und das Wetter war optimal für einen Ausflug. Mein Blick flog in Richtung Ferienhäuschen, von wo die unangenehmen Geräusche kamen. Das satte Jaulen einer Kreissäge ist echt kein Spaß für ausgelaugte Urlaubsbedürftige, aber unsere Freunde wollten heute drei Balken austauschen, wovon uns Daniel am Abend zuvor in epischer Breite vor dem sich leerenden Kasten Bier erzählt hatte. Eigentlich wollten sie nicht, aber sie mussten.

Die beiden hatten kurz vor unserer Ankunft das graue Linoleum im Eingangsbereich herausgerissen, um den darunterliegenden alten Steinboden zu restaurieren. Dunkelrote, handgebrannte Fliesen waren jahrelang von einem hässlichen Plastiklinoleum verdeckt gewesen und sollten endlich wieder das Licht der Welt erblicken. Aber erstens kommt es anders und zweitens als man denkt. Jedenfalls bei einem fast dreihundert Jahre alten Fachwerkhaus. Als Daniel die Fußleisten entfernte, kam ihm ein Teil der Wand entgegen.

Dazu muss man sagen, dass Daniel von Beruf Musiker ist. Ein alter Kumpel meines Mannes, verträumt und künstlerisch hochbegabt, mit vielen fantastischen Ideen für sein Ferienhaus. Da war schon mal die Rede von einer Sauna im ersten Stock und einer großen Landküche im Erdgeschoss gewesen. Alles auf Kosten eines winzig kleinen Bades, null Wohnzimmer, dafür aber eine Veranda vorm Haus, die den halben Garten gekillt hätte. Gott sei Dank blieb es nur bei seinen spinnerten Ideen, und seine Ehefrau holte ihn immer wieder auf den Boden der Tatsachen zurück.

Daniel kann sich glücklich schätzen, eine handwerklich begabte Frau an seiner Seite zu wissen. Diese Frau stand gerade an der Kreissäge und machte diese schrecklichen Geräusche. Also nix wie weg.

Eine wellige Hügellandschaft und niedrige Eichenwälder beruhigten schnell unser angegriffenes Nervenkostüm.

»Echt schön hier und so viel Grün.«

Ich entspannte mich mehr und mehr. Die schmerzenden Nackenmuskeln von der langen Fahrt und dem ungewohnten Bett kamen langsam wieder zur Ruhe. Auf den Wiesen und Weiden grasten Kühe in allen Farben. Ein handgemaltes Schild führte uns zu einer nahe gelegenen Ziegenkäserei. Der Hof lag einsam im Sonnenschein. Ein grauweißer Hund schwänzelte auf uns zu und legte sich gähnend vor unsere Füße.

»Hallo, ist da wer?«

Nichts rührte sich weit und breit. Ich drückte kurz entschlossen an der Türklinke. Wir fielen direkt in ein Esszimmer.

»Mann, das gibt's doch nicht!«

Auf dem riesigen Esstisch lagen fleckige Servietten zwischen schmutzigem Geschirr. Gläser mit Weinresten und verstreuten Brotkrümeln wetteiferten mit abgenagten Knochen und traurigen Salatresten. Hier hatten Bauersleute in großer Hast den Mittagstisch verlassen, um schnellstens wieder an die Arbeit zu gehen.

Aber der Aha-Effekt kam vom anderen Ende des Speisesaals. Dort öffnete sich ein Halbrund mit opulenten dunkelroten, tiefblauen und smaragdgrünen Glasfenstern. Wir waren in eine ehemalige Kapelle mit einem Esstisch für zwanzig Personen geraten.

Hastig verließen wir den Raum.

Im Hof stand ein Scheunentor weit offen und bot gähnende Leere. Ein paar Stufen führten in einen Gewölbekeller. Wieder völlig leer. Von Ziegenkäse weit und breit keine Spur.

Wir machten uns in aller Eile vom Hof. Erst Jahre später erfuhren wir, dass in früheren Zeiten Zisterzienser-Mönche ihre Weinfässer auf diesem Hof gelagert hatten. *Ora et labora.*

»Wir könnten doch was fürs Abendessen einkaufen, oder?« Andreas blinkerte mich an, und das Charmelächeln kroch wieder in seine Augenwinkel.

Das war definitiv keine Frage, und der nächste Ort hatte eine Metzgerei, die auch Obst und Butter, Käse und Mehl sowie Konserven verkaufte. Aber leider kein Brot. Andreas stürzte sich erneut in einen Kaufrausch und orderte hausgemachten Ochsenmaulsalat, Salami mit großen Fettaugen und einige Scheiben geräucherten Landschinken. Der war daumendick. Dazu einen gemischten Karotten- und Selleriesalat, sowie eine üppige Scheibe Pastete, die hierzulande *terrine* heißt. Eine Flasche Rotwein und eine Ecke Brie, dazu noch zwei saure Gurken, zwei Bananen und zwei Äpfel, wanderten in einen Plastikbeutel. Von Plastikmüllvermeidung hatte man hier offenbar noch nichts gehört.

»Schluss jetzt, Andreas. Wer soll denn das alles essen?«

Mein angetrauter Ehemann schaute mich mit seinem unwiderstehlichen Dackelblick an.

»Ich habe echt Hunger, du nicht?«

Ich schüttelte den Kopf. Wir hatten doch gerade erst zu Mittag gegessen.

Andreas fuhr den nächsten Picknickplatz an und packte seine neu erworbenen Köstlichkeiten aus.

Der Picknickplatz ist das Nationalvergnügen aller Franzosen. Tische mit Bänken, entweder direkt an vielbefahrenen Straßen oder an einem schönen Fleckchen Frankreichs gelegen, sind die Antwort kinderreicher Familien auf die horrenden Preise der Restaurants im Allgemeinen und der französischen Gastronomie im Besonderen. Das typisch französische Ehepaar hat im Schnitt drei Kinder und verbringt infolgedessen aus Kostengründen seine Sonntage, wie auch seinen Urlaub im eigenen Land auf besagten Picknickplätzen.

Wir hatten Glück und saßen unter einem schattigen Baum mit einem weiten Blick ins Tal.

Ich nörgelte: »Wir haben kein Brot, keinen Korkenzieher und auch keine Gläser. Von Messer und Gabeln will ich gar nicht erst reden.«

Mein Mann schaute mich mit einem Blick an, der das Wort Spaßbremse deutlich signalisierte.

Er stieß den Autoschlüssel in den Korken. Es machte flopp, und der Korken rutschte in die Flasche. Autsch!

Andreas kramte in der Seitentasche und fand ein Schweizer Taschenmesser, das bestecktechnisch keine Wünsche offenließ. Selbstverständlich war auch ein Korkenzieher dabei. Die Küchenpapierrolle aus dem Kofferraum ersetzte die Teller. Es fehlte nur noch das Brot. Aber wie das Sprichwort schon sagt: In der Not schmeckt die Wurst auch ohne Brot.

Ich nörgelte weiter: »Ich muss schon sagen, du hast es dir mit der Kocherei bis jetzt ziemlich leicht gemacht.«

Andreas kaute und nuschelte: »Wieso, schmeckt's dir nicht?«

Ich wollte keinen Ärger und machte die Augen zu. Ein kleines Nickerchen konnte für die Verdauung nicht schaden, und nach einer Weile schloss ich Frieden mit den Kochkünsten meines Mannes.

Andreas rüttelte mich wach.

»Abflug, mein Schatz. Wir fahren zurück.«

Das Kreischen der Säge hatte aufgehört. Nur noch ein leises Hämmern war zu hören. Wir schlossen das Auto ab und sahen zum Haus.

»Komm lass uns rübergehen und schauen, wie weit die beiden sind.«

Das, was wir sahen, entsprach entschieden nicht deutschen Sicherheitsnormen. Zwei Querbalken waren mit einem Stück Holz abgestützt, das schon ein paar Jährchen auf dem Buckel hatte, aber offensichtlich das ganze Haus zusammenhielt. Dieses seltsame Konstrukt trug den gesamten Türsturz und einen Teil der linken Wand. Drei alte Ständerbalken lagen zerbröselt am Boden.

»Die Stützen haben wir von einem Dachdecker geliehen bekommen. Vollkommen umsonst, geil was?«, strahlte uns Miriam an.

Ich starrte fassungslos auf die offene Wand.

»Ja und die Löcher überall? Da ist null Lehm in den Gefachen. Da kann ja jeder einsteigen!«

Daniel holte tief Luft. Wir seien hier auf dem Land, sagte er, und hier steige keiner ein, und außerdem würde hier nie geklaut. Und überhaupt, was hätten sie denn machen sollen? Er hatte ja Recht, und ich benahm mich wie eine dumme Stadtpflanze. Ich musste das irgendwie wieder gutmachen.

»Habt ihr Lust zum Abendessen rüberzukommen?«

Die Begeisterung war groß, allerdings nicht bei meinem Mann. Andreas zog alle Register, um mich davon zu überzeugen, dass ich unsere Freunde eingeladen hatte, und damit auch für den Küchendienst zuständig sei. Außerdem habe er keinen Hunger.

Ich blieb hart, und es blieb bei unserer Abmachung. Ich holte das Buch des Verblichenen aus der Schublade und legte die Füße hoch. Andreas begann mit den Vorbereitungen und hatte denkbar schlechte Laune.

Beim Abendessen brachte ich keinen Bissen runter und schaute staunend zu, wie mein Liebster und unsere Gäste kräftig zulangten, um die üppigen Reste aus unserer Küche zu vertilgen.

Es wurde trotzdem noch ein schöner Abend. Wir erzählten von früher, lachten viel, und auch der zweite Bierkasten wurde ohne Schwierigkeiten leer.

📖

Ich hatte mich auf die Reise vorbereitet und vorab kräftig im Internet gesurft. Außerdem hatten Miriam und Daniel uns mit Prospekten eingedeckt, aber leider nur in französischer Sprache. Überhaupt, ohne Französisch geht hier gar nichts. Weder auf den Straßen, noch auf dem Markt oder in den Geschäften. Selbst die Bild-Zeitung war in dieser Gegend nicht zu bekommen.

Ich hatte den Kurs „Französisch für Fortgeschrittene" eingepackt und holte den MP3-Player raus. Stöpsel rein, Füße hoch. Das Faulenzen vor dem Ding hatte mir schon rote Bäckchen ins Gesicht gemalt, und meine Arme und Beine hatten bereits eine schöne Farbe angenommen.

Andreas deckte den Frühstückstisch und maulte leise vor sich hin. Offensichtlich hatte er nicht geahnt, auf was er sich mit seinem Küchenversprechen eingelassen hatte.

Ich wollte ursprünglich nach Mallorca, in ein Hotel mit Frühstück, Palmen, Strand pur und abends schön Essen gehen. Man muss wissen, dass ich Campen nicht ausstehen kann, schon gar nicht auf dem Land. Nur - Andreas und Daniel hatten an ihren Herrenabenden bereits anderes im Sinn und bei mehreren Flaschen Wein ihre Pläne untereinander abgesprochen. Allein der

Gedanke, dass das „Ding" endlich von unserem Hof verschwinden würde, ließ mich weich werden. Ich stimmte ihren Urlaubsplänen zu, allerdings nur unter der Bedingung, dass ich nicht mal in die Nähe eines Topfes kam.

Ich genoss meine neue Freiheit in vollen Zügen und blätterte in den Broschüren.

»Du Schatz, die haben hier eine Ziegelei in der Nähe, wo noch wie vor 150 Jahren gebrannt wird.«

Wieder fuhren wir durch kleine, schmuddelige Dörfer, die wie ausgestorben vor sich hin dösten. Wieder war kein Mensch zu sehen. Ab und zu bellte ein Hund. Nur die Kühe auf den Weiden, diesmal vorwiegend in Weiß, schauten interessiert zu uns rüber.

»Andreas guck mal, nackige Kühe!«

Andreas wusste nicht, ob er lachen oder weinen sollte. Manchmal amüsierten ihn meine verbalen Ausrutscher, aber meistens ging der Pädagoge mit ihm durch. Ich musste mir lange Episteln über Syntax und Satzstellung anhören. „Die Erklärung der Frau". Er war halt mit Leib und Seele Lehrer. Heute siegte das Lachen.

»Das muss ich mir merken! Nackige Kühe. Ha, ha, ha, das ist gut, sehr gut sogar.«

Wir sahen die Ziegelei schon von weitem. Hoch aufgestapelte Ziegel standen vor zwei mächtigen Brennöfen. Verschiedene Rottöne malten weiche Schatten in den Sand. Dazwischen standen irdene Krüge, Firsthauben und Tontöpfe. Das Kunsthandwerk war eher schlicht, aber ich entdeckte in einer Ecke eine Firsthaube in Form einer liegenden Katze. Oder war es ein kleiner Löwe?

»Andreas, das Tier muss ich unbedingt haben.«

Mein Blick war fest auf das Geschöpf aus Ton gerichtet. Andreas schaute mich zweifelnd an.

»Wo willst du denn diese Kreatur hinstellen?«

Das Tier war ziemlich groß und sicherlich auch ziemlich schwer. Bei mir aber war es Liebe auf den ersten Blick.

„Jesus" in Reinkultur latschte auf uns zu. So um die Dreißig, braun gebrannt, mit langer Mähne und struppigen Wallebart. Von seinem Gesicht war nicht viel zu sehen, nur zwei blitzende Augen und eine halb zerfranste Zigarette im Mundwinkel.

« Bonjour, messieurs-dames. »

Andreas war wieder mal gefragt. Ich bummelte durch Reihen gebrannten Tons. Er winkte mich heran.

»Er lädt uns ein, die Ziegelei zu besichtigen.«

Jesus kam in Fahrt und Andreas übersetzte: Sein Ur-Großvater hatte die Ziegelei um 1870 gepachtet, und als die Besitzerin Witwe wurde, kaufte er die Ziegelei. Später übernahm sein Sohn, und so ging es über Generationen weiter. Die Aufträge waren bescheiden, doch gebaut wurde immer. Jeder hatte sein Auskommen. Der größte Schatz aber waren die eigenen Lehmgruben, unweit der Ziegelei. Als die wirtschaftlichen Einbrüche kamen, gab es kein Geld für Investitionen, und so blieb alles wie es war.

Er erzählte, dass die Maschinen noch immer handbetrieben seien, und dass für manche Verzierung der Daumen der Familie herhalten muss. Er holte einen Rohling vom Schneideband, griff sich ein Holzmodel und presste es in den weichen Lehm.

»Die Wand- und Bodenfliesen werden noch immer nach den alten, historischen Vorlagen geformt.«

Dann glättete er mit seinem Daumen hellen Lehm in die tiefen Muster des Models, und eine klassische Bourbon-Lilie entstand vor unseren Augen.

Unter dem zugigen Scheunendach standen gut-gefüllte Regale zum Trocknen.

»Jeder Ofen fasst achtzig Tonnen. Nach dem Befüllen werden die Öfen zugemauert und beheizt.«

Er führte uns herum und zeigte uns die unterschiedlichen Arbeitsgänge. Er erzählte, dass der Denkmalschutz den Familienbetrieb wiederentdeckt habe, und dass Vater und Sohn mit ihren Familien inzwischen gut von der Ziegelei leben konnten. Madame habe ihre Ader für das Künstlerische entdeckt und versuche sich seit kurzer Zeit mit der Herstellung von Töpfen, Krügen und Schüsseln.

»Frag ihn nach dem Tier, bitte.«

Das in Zeitungspapier eingeschlagene Geschöpf wechselte den Besitzer.

»Die Katze war eine Auftragsarbeit, die nicht abgeholt wurde. Du hast wirklich Glück gehabt.«

Andreas legte das aus Ton gebrannte Tier vorsichtig in den Kofferraum, und wir fuhren in das Dorf zurück.

»Schau mal, ein Waschhaus.«

Ich zappelte vor Neugierde. Es war mit blühenden Blumenampeln und überladenen Blumenkästen aufwändig geschmückt. Ein paar Wollteppiche hingen zum Trocknen über dem Geländer, und ein Hund schlabberte durstig aus dem Steinbecken. Auf der

Steintreppe saß ein alter Mann und rauchte sein Pfeifchen. Andreas sprach ihn an.

Bald hatte ich das Gefühl, dass sich nicht viele Menschen in diese Gegend verirrten. Der Alte hörte nicht mehr auf zu reden. Andreas versuchte in mehreren Anläufen zu fliehen, aber ohne Erfolg. Völlig erschöpft löste er sich endlich von dem alten Mann und sprang ins Auto.

»Nix wie weg, ich erzähle dir alles auf dem Rückweg. Wir halten dann nochmal.«

Wir hatten Hunger, und weit und breit war kein Metzger oder Bäcker, geschweige denn ein Gasthof zu sehen. Mein Magen grummelte. Endlich kam ein Städtchen in Sicht. Ich las laut das Ortsschild vor: Bar-sur-Aube.

Dieses Mal konnte ich mit meinem Wissen brillieren und gab meinem Liebsten Nachhilfeunterricht über Land und Leute: Bar-sur-Aube gehört mit Reims zu den zwei großen Champagner-Metropolen, die Anbau, Preise und Vermarktung des Luxusgetränks kontrollieren. Reims ist für das nördliche Gebiet, der Montagne-de-Reims in der Marne zuständig, Bar-sur-Aube für das südliche Anbaugebiet in dem Departement Aube. Im

Allgemeinen wird gesagt, dass der Champagner um Reims herum eine höhere Finesse habe und die großen Marken dort zuhause sind. Im Süden gehe es etwas bescheidener zu, die Champagnerhäuser sind kleiner und die Preise moderater. Aber nur im Süden der Aube wird Bio-Champagner produziert.

Ich unterbrach mich selbst: »Andreas, da ist eine *Auberge*! Da gibt es sicherlich was zu Essen.«

Klar doch, die Wirtin war mürrisch. Wie konnte es anders sein. Andreas hatte null Chancen mit seinem üblichen Charme und zeigte kurzentschlossen auf die Tafel mit dem Mittagsmenü.

Die Wirtin legte uns ohne Worte zwei Papiersets auf den Tisch, sowie Teller, Besteck und Gläser. Dazu einen Krug mit Leitungswasser und einen anderen mit Rotwein.

Wir warteten und tranken den Wein. Der war ganz ordentlich und der Krug schnell leer. Hungrig stürzten wir uns auf die Vorspeise, eine Art Bratwurst im Salatbett. Als Andreas in die Wurst stach, stieg uns ein eigenartiger Geruch in die Nase. Ich schnitt eine Scheibe ab und der Geruch verstärkte sich. Igitt, was war das denn? Kurz gesagt, es stank zum Himmel.

Andreas rief die Wirtin und bestellte einen weiteren Krug Wein. Mit seinem charmantesten Lächeln fragte er: »Was ist denn das für eine Wurst, Madame?«

Sie lächelte breit und kam endlich in Fahrt.

»Das ist eine Spezialität aus der Gegend. *Andouillette de Troyes*, und zwar die Echte. Gut, was?«

Nicht ums Verrecken tät ich das essen. Es stank wie ein verbrannter Bauernhof, inklusive lebendiger Schweine.

Sie erzählte uns: Im sechzehnten Jahrhundert wurde diese Wurst aus Innereien von einem Metzger aus Troyes erfunden. In kräftigem Naturdarm erst gekocht und dann gegrillt, wurde sie weit über die Stadtgrenze bekannt. Als der König von dieser Besonderheit erfuhr, schickte er seine Armee, um die berühmte Spezialität zu ergattern. Seine Soldaten hielten sich jedoch zu lange im Stadtinnern auf, wo sie auf der Suche nach der Wurst überrascht und von den Anhängern der Heiligen Liga schmachvoll aus der Stadt vertrieben wurden. Übrig blieb der Mythus für die lokale Spezialität.

Wir fanden sie für unsere Zungen und Nasen eher gewöhnungsbedürftig, und ich bin immer noch der festen Überzeugung, dass die königlichen Truppen vielmehr vor dem Gestank dieser Wurst flüchteten und deshalb überhastet die Stadt verließen.

Der Hauptgang hingegen war eine Offenbarung: Zunge in Madeira-Sauce, geröstetes Frühlingsgemüse und ein Stück Kartoffelauflauf, das auf der Zunge zerging. Ich hätte gerne noch einen Nachschlag genommen, aber es gab keinen. Dafür eine große Schüssel mit frischem Blattsalat. Unvergesslich auch die Vinaigrette mit Walnüssen.

Die Wirtin stellte uns einen Käseteller in den Ausmaßen eines Fahrradreifens auf den Tisch.

Sie leierte runter: *Vignotte, fromage de Langres, brie de Meaux, camembert au lait cru, crottins de chèvre, bleu de la région.*

Ich probierte von jedem ein Stück. Andreas ebenfalls. Die Käsesorten waren zart, cremig, nussig, üppig oder auch fordernd im Geschmack. Zum Dahinschmelzen. Wir langten kräftig zu.

Die Wirtin räumte nach unserer Käseorgie ohne mit der Wimper zu zucken ab. Dafür knallte sie uns einen Becher mit Eis und Sahne vor die Nase und wünschte uns etwas spitz einen guten Appetit. Wir hatten mit dem Käse wohl etwas übertrieben.

Zur Verdauung genehmigten wir uns noch Kaffee und Cognac.

Wir fragten nach der Rechnung und lehnten uns genüsslich in unsere Stühle zurück. Ein wohliges Lächeln stand in unseren Gesichtern.

»Macht neunundzwanzig Euro.«

Wie bitte? Alles zusammen? Da hatten wir tatsächlich ein Vier-Gänge-Menü mit Wein, Kaffee und Cognac für knapp dreißig Euro bekommen? Na gut, die Vorspeise konnte man vergessen, aber sonst?

Der Alkohol zwang uns, im Auto ein Mittagsschläfchen zu halten. Wir entschwanden in Träume vom Schlaraffenland und wachten erst am späten Nachmittag mit schmerzenden Muskeln auf. Das Auto war keinesfalls so bequem wie unser Wohnwagen, also machten wir uns auf den Rückweg.

Als wir in dem Dorf mit der Ziegelei vorbeikamen, hielt Andreas am Waschhaus an. Keine Menschenseele weit und breit. Er wollte mir die Story von dem Dorf erzählen.

»Komm mit, es sind nur ein paar Schritte.«

Der Mühlteich schimmerte in vielen Grüntönen, von goldgrün über smaragdgrün bis blaugrün. Er war viereckig und sehr tief. Blumen und blühenden Büsche säumten das mit Flusssteinen eingefasste Ufer und spiegelten sich im klaren Wasser. Die Mühle nebenan war aus mächtigen, hellen Kalksandsteinquadern gebaut.

Andreas holte weit aus: Wenn kleine Kinder nicht artig sind, drohe man ihnen auch heute noch, sie zur Strafe in dieses Dorf zu verbannen. Die Legende erzähle, dass hier Schreckliches geschehen sei.

Vor vielen Jahren lebte in dem Dorf ein lustiges Völkchen, das lieber lachte, trank und tanzte als sonntags in die Kirche zu gehen. Der Pfarrer beschwor sie in den Gottesdienst zu gehen, ansonsten würde sie der Teufel holen. Doch die Leute tranken und tanzten lieber bis spät in die Nacht und waren am Sonntagmorgen viel zu müde, um sich die Predigt des Pfarrers anzuhören. Eines Tages öffnete sich der Dorfplatz um Mitternacht unter ihren Füßen und verschlang die Tanzenden mit Haut und Haaren. Und aus dem Dorfplatz wurde ein tiefgrüner Teich.

Taucher hatten in den neunziger Jahren versucht, das Gewässer zu ergründen, doch nach sechzig Metern gaben sie auf. Der Teich hat die Form eines Eierbechers und in seinen Tiefen fließt ein unterirdischer Fluss. Im Frühjahr schießen sprudelnde Wasserfälle aus allen Ecken der umliegenden Häuser und Gärten und besiegeln die Legende.

Mir lief ein leichter Schauder über den Rücken. Am Wehr donnerte das Wasser vom Teich in die Tiefe. Etwas weiter schwammen Forellen durch glasklares Wasser im Fluss.

Der Alte hatte Recht, das ist wirklich ein mystischer Ort.

Wir machten uns auf den Heimweg und kamen gerade noch rechtzeitig zum Aperitif bei unseren Freunden an.

Miriam mutierte seit ein paar Jahren zur Vorzeigelandfrau. Sie buk und kochte nach Rezepten ihrer französischen Nachbarschaft, rupfte Federvieh und nahm es auch aus. Sie produzierte feine Liköre und köstliche Marmeladen. Und übte sich im Anbau von Tomaten, Paprika, Gurken und mehr.

Zum Aperitif servierte sie uns Champagner mit selbstgemachtem Hollunderblütenlikör. Dazu ein göttliches Käsegebäck aus fluffigem Brandteig.

Woher nimmt diese Frau, neben all der Arbeit, noch die Zeit für so was?

Abendessen und Waschen fielen wieder einmal aus. Ich fürchte, dass wir in Frankreich zu ausgewachsenen Ferkeln werden. Und was meine Leber zu diesem Lebensstil sagt, will ich gar nicht erst wissen.

📖

Der nächste Morgen fiel uns schwer, und das Bett hielt uns fast bis zur Mittagszeit in seinen Fängen. Damit war der Tag gegessen, und wir beschlossen vor Ort zu bleiben.

Ich schnappte mir die französische Tageszeitung, die Miriam abonniert hatte und stellte fest, dass ich besser Französisch lesen als sprechen kann. Mit dem Wörterbuch an meiner Seite erfuhr ich Wissenswertes über die Lokalpolitik, über die Kultur in der Region, über die örtlichen Todesfälle und die regionale Immobilienpreise. Darin lag also meine Stärke - im Lesen.

Ich war erstaunt, wie wenig ich den Larousse zu Rate ziehen musste und stöpselte mir nach dem Mittagessen voller Elan den MP3-Player ins Ohr - und repetierte lautstark Vokabeln. Ich wiederholte so unsinnige Sätze wie „In welchem zahlenmäßigen Verhältnis steht die

Bevölkerung in Mittelfrankreich zum Ertrag der lokalen Agrarwirtschaft?" Unbestritten Fragen, die jeder Tourist dringend in seinem Urlaub beantwortet haben möchte.

Bald darauf schlief ich tief und fest ein.

Das fröhliche Pfeifen meines Mannes weckte mich. Er schien ausgesprochen guter Laune zu sein, und kurz darauf wusste ich auch warum. Andreas hatte sich von Daniel ein Eimerchen schwarze Farbe geholt und kurzerhand in schwungvollen Lettern „Das Ding" auf den Wohnwagen gepinselt. Es sah richtig gut aus, zumal der i-Punkt auf dem „Ding" ein Herzchen war.

»Super, mein Schatz.«

Andreas Brust schwoll vor Stolz. Wir feierten die offizielle Namensgebung mit einem Gläschen Champagner. Die Flasche hatten wir am Vortag in Bar-sur-Aube gekauft. Danach berieten wir uns über das Abendessen.

»Was hältst du von Handkäs mit Musik?«

»Och nee, also nicht wirklich, das passt ja gar nicht!«

Wir konnten keinen Konsens finden, und ich wurde leicht pampig: »Du bist für die Küche zuständig, das hast du mir versprochen. Nun mach mal.«

Miriam und Daniel erlösten uns von dem Übel.

»Heute ist Dorffest mit Grillen. Habt ihr Lust?«

Und ob wir hatten.

Wir schlenderten ins Dorf, immer der Musik nach. Bänke und Tische waren aufgestellt, eine Band spielte eher laut als gut, und vom Grillplatz duftete es verlockend.

Das halbe Dorf war erschienen. Miriam und Daniel begrüßten eine Menge Leute, und wir wurden vorgestellt. Ich vergaß ihre Gesichter und Namen so schnell, wie ich sie kennengelernt hatte.

Andreas holte gegrillten Speck und Hähnchen vom Grill, dazu Pommes und Champagner. Wir stießen mit unseren Freunden an.

« Vive la France ! »

Die Musik war echt schräg, und wir waren dankbar, dass wir einen Tisch weiter weg von der ambitionierten, aber talentlosen Band gefunden hatten. Ein gutaussehender Franzose kam in weiblicher Begleitung an unserem Tisch. Miriam stellte uns die beiden vor.

»*Voilà*, das ist Hugo, der lokale Berichterstatter unserer viel gelesenen Regionalzeitung, und seine Frau Sandrine.«

Hugo ist auf Französisch nicht einfach Hugo. Mitnichten, man lässt sich den Namen förmlich auf der Zunge zergehen: „Üügo" mit einem langgezogenen Ü und einem O, das hinten leicht nach oben geht.

Der Kerl sah unverschämt gut aus, und für einen Franzosen war er auch ziemlich groß. Vielleicht ein wenig verlebt um die Augen herum. Dazu ein umwerfendes Lächeln und kiloweise Charme. Seine Frau war eine aparte Erscheinung mit einer Nase, die besser in die Physiognomie von Frankreichs ehemaligem General und Staatsmann gepasst hätte, als zu dem vor uns stehenden zierlichen Persönchen. Ihre mintgrünen, knallengen Jeans und die geknotete, zitronengelbe Chiffonbluse, wie auch ihre orangefarbigen Fingerstulpen, wetteiferten konkurrenzlos mit den blauen Schlabberjeans und knallbunten Sommerfähnchen der restlichen, weiblichen Dorfbevölkerung.

Aber hoppla, was war das denn? Hugo begann mit mir zu flirten. Ich bin immerhin verheiratet, eine Bestvierzigerin und eher vollschlank.

Was will der von mir?

Mein Blick ging zu Miriam, die nur leicht die Schultern zuckte. Sie klärte mich auf: Franzosen gehörten zu den Jägern und Sammlern, das läge ihnen im Blut. Dafür könnten sie nichts.

Sandrine blickte amüsiert auf ihren Begleiter. Ihr schienen die Flirtversuche ihres Mannes nicht viel auszumachen, oder vielleicht war sie diese auch gewohnt. Ich hingegen runzelte die Stirn. Gehöre ich zum Beuteschema männlicher Franzosen?

Ich klaubte meinen kläglichen Wortschatz und die neu erworbenen Kenntnisse aus der örtlichen Presse zusammen und verwickelte Hugo in ein Gespräch. Anregend für ihn; für mich eher anstrengend. Er war über meine lokalen Kenntnisse entzückt, zumal ich einige seiner Artikel zitieren konnte. Aber meine um Abstand bemühten Anstrengungen bewirkten leider genau das Gegenteil. Er flirtete unverhohlen weiter und ließ mich nicht mehr aus seinen verbalen Fängen.

Andreas guckte schräg. Ich trank entschieden zu viel Champagner und mein Französisch wurde immer flüssiger.

📖

Am nächsten Morgen schnappte ich mir die Tageszeitung unserer Freunde, las Hugos Artikel und versuchte die säuerliche Miene meines Mannes zu ignorieren.

Nach einer längeren Schweigepause schaute ich von meiner Lektüre hoch: »Nun sei doch nicht so sauer. Miriam hat mir das erklärt. Das habe nichts zu bedeuten, schon gar nicht mit mir. Alle Franzosen wären Jäger und Sammler, das läge denen im Blut. Die können nix dafür.«

Ich hätte wohl besser meinen Mund gehalten. Der Tag war hin, und ich entschied mich nach weiterem eisigen Schweigen meines Mannes für den MP3-Player und die Stöpsel im Ohr.

Andreas half Daniel indessen, die zwei linken Hände seines Freundes zu sortieren.

Das Mittagessen fiel natürlich aus. Die Männer bastelten an dem neuen Ständerfachwerk, und Miriam zeigte mir endlich ihr Feriendomizil von innen.

Dass es fast dreihundert Jahre alt ist, erwähnte ich schon. An zwei Seiten war Ständerfachwerk zu sehen, die Wetterseiten holzverkleidet. Miriam erzählte mir, dass die Verkleidung *tavillon* heiße, und dass die handgespalteten Eichenschindeln, wenn man sie nicht streichen würde, Jahrhunderte hielten. Folglich musste das Häuschen Jahrtausende auf dem Buckel haben, denn die Querschindeln fehlten teilweise, beziehungsweise sahen ziemlich angefressen aus, und das Holz faulte partiell. Mit etwas gutem Willen konnte man den Anblick allenfalls als pittoresk bezeichnen.

Die Haustür war in zwei Teile geteilt. Eine Art norddeutsche Klöntür mit grasgrünem Anstrich. Man fiel sozusagen direkt in ein kleines Zimmer mit einem großen und einem kleinen Sprossenfenster, sowie einem Zugang zum Wohnzimmer und eine Kellertür.

Stolz erklärte mir Miriam: »Im Dorf gibt es nur zwei Häuser mit Keller, unseres ist eins davon. Das Grundwasser ist hier sehr hoch, und nur die Hanglage hat einen halben Keller unter unserem Haus erlaubt. Dort gibt es sogar einem Brunnen.«

Zwei Stufen führten in ein großes Wohnzimmer mit offenem Kamin und einem alten, sehr schönen, grau-weiß gemusterten Steinfußboden. Die Anordnung erinnerte an marokkanische Sterne und ergab im Ganzen ein großes Teppichmuster. Zwei Sprossenfenster gaben dem Raum viel Licht und Helligkeit. Die Fenster waren groß und hoch, wie auch die Räume für ein Fachwerkhaus erstaunlich hoch waren.

Aber die Farbe an den Wänden, an der Holzdecke und an den restlichen Holzarbeiten raubte mir fast den Atem. Alles in diesem scheußlichen Armeleutegrün, das auch in Deutschland noch nach dem Zweiten Weltkrieg überall auf dem Land zu finden war. Hier wie dort, musste ein sehr fleißiger Außendienstmitarbeiter einen sehr großen Restposten grüner Farbe besonders kostengünstig an den Mann gebracht haben. Einfach nicht zum Hingucken.

Miriam musste meine Gedanken gelesen haben: »Die Farbe werden wir in Blaugrau ändern, sobald die dringlichsten Arbeiten abgeschlossen sind.«

Nun denn, das konnte noch dauern.

An das Wohnzimmer schloss sich die Küche in der Größe eines durchschnittsdeutschen Kinderzimmers an. Nordseite mit Blick in den Garten des Nachbarn. Miriam und Daniel hatten eine moderne, sonnengelbe Einbauküche geschenkt bekommen, die ein Freund aus Deutschland vor Jahren für sich gebaut hatte. Sie sah recht praktisch und gar nicht so übel aus. Die Wände zierte eine verblichene Rosentapete und an manchen Stellen gab es unappetitliche Stockflecken.

»Hier haben die alten Leutchen in ihren letzten Jahren geschlafen, weil sie die Stufen nicht mehr hoch und runter kamen.«

Auch ich hatte so meine Schwierigkeiten, die enge und steile Treppe nach oben zu kommen. Einige Stufen schienen höher und im Tritt kürzer zu sein, und die Biegung war extrem steil.

Ich konnte mir die Bemerkung nicht verkneifen: »Dazu muss man nicht unbedingt alt sein, um die unbeschadet überstehen zu wollen.«

Die Treppe führte direkt in einen kleinen Raum, den Miriam in eine Art Gästezimmer mit Schlafcouch verwandelt hatte. An der Stirnseite standen zwei Regale, die mit Büchern vollgestopft waren. Urlaubslektüre. Ob die beiden dafür jemals Zeit finden würden?

»Du wirst es nicht glauben, aber das waren einmal zwei winzig kleine Zimmerchen. Grad so groß, dass man je ein Bett reinstellen konnte. Stell' dir vor, nur ein Bett pro Kammer und sonst für nix Platz. Wir haben eine Wand rausgerissen, um wenigsten ein bisschen Luft zu bekommen.«

Ich öffnete die Tür neben dem eingebauten Wandschrank. Eine Kloschüssel mit hoch hängendem Wasserkasten und Zug waren der ganze Stolz unserer Freunde, denn das Häuschen hatte weder Toilette, noch Bad, geschweige denn Heizung beim Kauf vorzuweisen.

Heizung gab es noch immer keine, einzig der offene Kamin im Wohnzimmer sorgte an kühlen Abenden für etwas Wärme.

Sie öffnete die nächste Tür: »Das soll mal unser Bad werden.«

Der Raum war bis zum Dachboden hin offen und hatte einen kleinen Tisch mit einer altmodischen Keramikschüssel und einem handbemalten Wasserkrug als Waschgelegenheit.

Ich begann den Luxus in unserem Wohnwagen zu lieben.

Die nächste Tür führte in das Schlafzimmer der beiden. Eine weiße Holzdecke und ein großes Sprossenfenster ließen den Raum hell und freundlich wirken. Sonnenstrahlen malten Kringel auf die bunte Bettdecke. Statt eines Schranks hatten sie zwei rollende Kleiderständer aufgestellt, auf denen ihre Kleidung fein säuberlich aufgehängt war. Zwei Hocker und eine geschnitzte Truhe machten die Einrichtung komplett.

Miriam kicherte leise vor sich hin und zeigte auf die Tapeten: »Schau mal, ich wusste mir auf die Schnelle nicht anders zu helfen.«

Miriam hatte die runtergefallenen Tapetenbahnen einfach mit Reißzwecken an die Wände gepinnt. Schwungvolle Striche und Kreise erinnerten an den Geschmack der Sechzigerjahre, und das eigenartige Muster verdeckte Miriams Hilfsmittel effektvoll.

Himmel hilf, bei dieser Tapete konnte man nur noch Albträume bekommen!

Das Häuschen hatte mehr Platz als es von außen erahnen ließ. Dies lag vorrangig daran, dass sämtliche Räume Durchgangszimmer waren und kein Platz für Flure und Gänge verschenkt wurde. Es gab sogar noch einen weiteren Raum im ersten Stock, der vielleicht irgendwann einmal als abschließbares Gästezimmer genutzt werden konnte. Momentan flogen jedoch Vögel durch die offenen Stellen im Fachwerk und kackten alles voll.

Ich holte tief Luft: »Schön, sehr schön, wenn's mal fertig ist.«

Zu mehr konnte ich mich aktuell nicht hinreißen lassen. Es gab in diesem Prachtstück von Haus einfach noch unendlich viel zu tun.

Von unten kam plötzlich lauter Jubel. Die Männer hatten es geschafft. Die Ständerbalken waren eingepasst und die Gefache mit Lehmziegel ausgemauert. Potentielle Einbrecher mussten jetzt draußen bleiben.

Daniel strahlte über das ganze Gesicht: »Morgen verputze ich noch ein bisschen, und dann können wir endlich mit dem Fußboden anfangen. Wisst ihr was? Ich lade euch zur Feier des Tages ein.«

Das Dorf bietet keine großen touristischen Highlights. Außer dem Dorfkrug gibt es noch einen Imker, eine Schnapsbrennerei und eine Entenfarm, die ihren Besuchern einen Verkaufsladen, einen Gasthof und ein paar Gästezimmer anbietet.

Die weit bekannte Spezialität der Entenfarm ist die Herstellung von Entenstopfleber. In Deutschland ist das verboten. In Frankreich aber, und in vielen anderen Ländern auch, wäre ein festliches Menü ohne diesen Gaumenkitzler undenkbar. Frankreich, Polen, Ungarn und Israel produzieren noch immer diese begehrte Delikatesse und vertreiben sie weltweit.

Nun muss man wissen, dass in Sachen Entenstopfleber zwei Herzen in meiner Brust schlagen. Zum einem lehne ich die Tierquälerei ab, zum anderen esse ich den Leckerbissen für mein Leben gerne. Und da ich kein Kostverächter bin, setze ich mich zu festlichen Anlässen über meine Tierschutzambitionen hinweg und genieße dieses zart schmelzende Produkt in allen möglichen Zubereitungen. Da bin ich schon fast ein Franzose.

Die Männer duschten unter der Gartendusche. Wir Frauen machten uns schön.

»Soll ich das schwarze oder lieber das rote Kleid anziehen?«, stelle ich meinen angetrauten Ehegatten vor die Entscheidung. Andreas blinzelte: »Von mir aus brauchst du gar nichts anzuziehen.«

Der Mann nimmt mich einfach nicht ernst. Schon gar nicht in Sachen Mode. Ehrlich, würde ich rote Strümpfe und einen grünen Rock anziehen, er würde es nicht einmal bemerken. Ich erinnere mich, dass ich einmal zwei verschiedene Schuhe anhatte. Zwar das gleiche Modell, aber links in Schwarz und rechts in Blau. Als ich im Auto die Brille auf der Nase hatte, sah ich die Bescherung. Wir waren spät dran, und im Theater schauten natürlich alle auf meine Schuhe. Dachte ich jedenfalls.

Ich entschied mich für das rote Kleid.

Daniel hatte uns in das „Heckenwäldchen" eingeladen. Zugegeben, eine etwas gewagte Übersetzung für *bocage,* aber durfte man in der Gastronomie eine derart profane Wortwahl wie Gehölz oder Gebüsch anwenden? Ein Gasthof „Zum Gebüsch" klingt doch irgendwie abartig, oder?

Der junge Wirt erklärte uns, dass wir zwischen drei Menüs wählen könnten. Natürlich alles von und mit der Ente.

Wir stießen mit einem *Kir* an. Der Aperitif wird mit sehr trockenem Weißwein und einer kleinen Menge schwarzem Johannisbeerlikör gemischt und schmeckt köstlich. Der Wirt hatte vorsorglich eine ganze Karaffe auf den Tisch gestellt.

Nach einer angemessenen Weile brachte er uns die Vorspeistenteller, auf denen ein Stück Entenpastete, eine dicke Kugel Enten-Rillette sowie zwei Scheiben Entenstopfleber und etwas geräucherte Entenbrust dekorativ angerichtet waren. Dazu hausgebackenes Mohnbrot und einen süffigen, süßlichen Weißwein. Wir waren nach dieser üppigen Vorspeise bereits satt.

Eine Zwiebelkonfitüre kitzelte die Aromen der im Tuch gegarten Stopfleber auf unseren Zungen. Dazu gab es gebratene Apfelscheiben und das hausgebackene Mohnbrot. Der dazu servierte spritzige Rosé ließ keine Wünsche offen.

Nach den fulminanten Gaumenschmeichlern erwarteten uns noch grüner Salat mit der einzigartigen, französischen Vinaigrette und ein großer Käseteller mit regionalen Produkten. Eine Flasche Rotwein wurde für den Käse geöffnet.

Der Wirt erzählte uns, dass er erst kürzlich den hoch verschuldeten Kartoffelhof von seinem verstorbenen Vater übernommen habe und mit der neuen Geschäftsidee langsam wieder in die schwarzen Zahlen komme. Der Zufall wollte es, dass sein kleiner Bruder Koch gelernt hatte und er selbst ganz gut mit den Gästen könne. Und das konnte er wirklich. Er saß vor uns in der Hocke, um uns in Augenhöhe jeden einzelnen Gang zu erläutern.

Wir waren für französische Verhältnisse sehr früh gekommen, und das Lokal füllte sich langsam. Eine

Busgesellschaft belegte einen durch freies Fachwerk abgeteilten Raum und verbreitete fröhliche Stimmung. Das Lokal war plötzlich brechend voll, und das Personal hatte gut zu tun.

»Können wir uns zu euch setzen?«

Ach du lieber Himmel, Hugo und Sandrine hatten Hunger und keine Reservierung gemacht. Mein Ehemann lächelte säuerlich.

Es wurde dennoch ein lustiger Abend, und sogar Andreas schien sich zum Schluss zu amüsieren. Wir gingen laut singend durch die nächtlichen Straßen und reckten die Hälse.

»Schau mal, hast du schon so viele Sterne auf einmal gesehen?«

Der Himmel war mit Sternen übersät, und ab und zu fiel uns eine Sternschnuppe entgegen.

»Du musst dir was wünschen. Und nichts verraten, sonst geht es nicht in Erfüllung.«

Über dem Wohnwagen breitete die Milchstraße weit ihre funkelnden Arme aus. Mehr Sterne passten nicht ins Firmament.

Wir umarmten uns. Erst alle vier, dann jeder den anderen.

Ich fiel Andreas in die Arme, hielt ihn ganz fest an mich gedrückt und schloss die Augen. Ich wünschte mir was, und unsere Unstimmigkeiten waren endgültig vergessen.

📖

Am folgenden Morgen brannte die Sonne wieder mächtig heiß vom Himmel, und wir packten die Badesachen ein. Heute wollten wir endlich Schwimmen gehen.

»Kommt ihr mit?«

Miriam schüttelte bedauernd den Kopf. Die beiden hatten die Hände voller Lehm, und ihre Jeans die Farbe von Kaffee mit Sahne. Die Wand war noch nicht fertig verputzt, und die alten Fliesen im Eingangsbereich warteten auf eine gründliche Reinigung. Genug Arbeit für einen ganzen Tag.

Wir fuhren zu dem Badestrand, den uns unsere Freunde empfohlen hatten. Ein flaches Mäuerchen trennte die Liegewiese mit Schatten spendenden Bäumen vom weitläufigen Sandstrand. Der zog sich in einem weiten Bogen von einem Wäldchen zum anderen.

Mir kam der Gedanke, dass wir vielleicht doch eine gute Wahl getroffen hatten, und dass die Mallorquiner möglicherweise nicht mit so einem sauberen und großzügigen Strand punkten konnten.

Hinter den Liegewiesen gab es sehr gepflegte Toiletten sowie Wasch- und Duschgelegenheiten. Auf Gummimatten standen Spielgeräte für Kinder jeglichen Alters, und auf einem Wachturm saß ein junger Mann vom Schutzdienst. Im Wasser tummelte sich eine Familie mit drei Kindern, am Horizont segelten eine Handvoll Surfer, und ein paar Boote dümpelten vor sich hin. Eine beschauliche Stille lag über dem fast leeren Strand.

Wir suchten uns ein schattiges Plätzchen unter einem Baum.

Andreas trällerte enthusiastisch in die flirrende Luft: »Juhu, wenn das so bleibt, gehe ich ab sofort jeden Tag schwimmen.«

Ich schaute schräg, denn Andreas ist zwar ein guter Schwimmer, aber auch extrem wasserscheu. Er flieht jeglichem Nass sowie direkter Sonne. Mit seiner hellen Haut hat er ruck-zuck den schönsten Sonnenbrand.

Mir knurrte schon wieder der Magen. Von nix kommt nix. Meine üppigen Formen im unmodernen Einteiler sollten besser drei Mahlzeiten am Tag ausfallen lassen, aber die Verführungen der französischen Küche bewirkten eher das Gegenteil. Ich hatte ständig Appetit auf knusprige Baguettes, siebzigprozentigen Käse, Schinken aller Provenienzen, Pasteten und Co. Und mein Mann schloss sich ohne Murren jeder Schlemmerei an und konnte an keinem Verkaufsstand vorbeigehen, ohne zu probieren.

Aktuell hatte er auf dem Markt einen Wurststand entdeckt, der Würste in allen Variationen anbot: Wurst aus Esel, Wurst aus Stier, Wurst aus Perlhuhn, Wurst aus Wildsau, Wurst mit Käse, Wurst mit Kräutern, Wurst mit Kirschen, Wurst mit Nüssen … Wir hatten vierundzwanzig verschiedene Sorten gezählt und selbstverständlich alle probiert.

Ich wage nicht daran zu denken, in welchem körperlichen Zustand wir in unsere deutsche Heimat zurückkehren werden.

Kurz gesagt, wir hielten durch bis Fünf. Dann hielt uns nichts mehr, und wir stürzten in die nächste *crêperie* am See. Andreas aß einen sehr dünnen Pfannkuchen mit vier verschiedenen Käsesorten und danach noch einen mit Vanilleeis und Schokolade. Ich hatte Lust auf Pfannkuchen mit Ei und Spinat, und danach auf einen mit Grand Marnier flambiert. Am Ende hatten wir noch immer Hunger.

»Komm, wir gehen schlafen. Das hilft.«

Als wir die *crêperie* verließen, war nebenan noch geöffnet, und ein Pulk Touristen kam mit prall gefüllten Tüten aus einer Scheune. Neugierig gingen wir hinein.

Ein Imker hatte anschaulich den Ablauf der Honigproduktion in mehreren Puppenhäusern ausgestellt. In den einzelnen Abteilungen zeigte die französische Version der Biene Maja alle Vorgänge der Honigverarbeitung, vom Nektar bis zum Honig. Der geschäftstüchtige Besitzer verband die Ausstellung mit dem Verkauf von Met, Honigbrot und Honigbonbons, wie auch Gelée royale, Honigcremes und Honigseifen. Mit großem Erfolg; der Laden war brechend voll.

Klar doch, dass wir uns auf dem Rückweg das Honigbrot ehelich teilten.

Daniel kam am nächsten Morgen noch vor dem Aufstehen rüber und erzählte uns von der Einladung bei Hugo und Sandrine.

»Lilly, das haben wir dir zu verdanken. Du musst mächtig Eindruck auf Hugo gemacht haben. In zwei Jahren haben wir es nicht geschafft, eine einzige Einladung zu bekommen. Du bist noch keine Woche da, und zack hast du schon eine.«

Neid klang in seinen Worten. Nach allem was mir erzählt wurde, ist es extrem schwierig als Ausländer in die geheiligten Hallen eines französischen Heims vorzudringen. Ich konnte es nicht fassen. Wir hatten schon nach wenigen Tagen eine Einladung ergattert, angeblich wegen mir. Und auch nicht bei irgendeinem Franzosen, oh nein, sondern beim örtlichen Lokal-matador der weit gelesenen Regionalzeitung.

Miriam und ich gackerten rum, was wir mitbringen wollten und was wir anziehen sollten. Wir entschieden schließlich, gemeinsam zum Friseur zu gehen. Der Frisiersalon wurde von einem Franzosen geführt, an dessen Attraktivität kaum etwas auszusetzen war. Schulterlange, sehr gepflegte Locken, eine drahtige

Figur und modisch gekleidet, reichte er mir allerdings nur bis knapp unters Kinn.

Er legt den Kopf in den Nacken und strahlte mich mit grützegrünen Augen an. Ob der farbige Kontaktlinsen trug? Er griff mir spielerisch in die Haare und wuschelte mal dahin und mal dorthin.

»Ts, ts, ts, das machen Madame reif, viel zu reif«, säuselte er.

Es war ziemlich offensichtlich, was er damit meinte. Meine Frisur machte mich also alt. Ich betrachtete mich aufmerksam im Spiegel. Stimmte das etwa? Wurde ich wirklich langsam alt? Ich schluckte schwer. Zugegeben, mein aschblonder, mittellanger Pagenkopf sah nicht besonders flott aus. Aber alt?

»Okay, dann machen Sie mich eben jünger, bitte schön.«

Ich musste aber erst noch aufs Klo und zwängte mich zwischen Kaffeemaschine und Stapel kleiner Haar-färbekartons, über einen schmalen Gang, auf die enge Personaltoilette. Beim Sitzen klebte mir die Toilettentür vor der Nase.

Zu dumm, dass mir solche Veränderungen immer auf die Blase drücken müssen.

Der Friseur schenkte mir wieder dieses strahlende Lächeln und packte meine Haare in Alufolie, sodass ich wie ein gestrandeter Marsmensch aussah. Zuvor hatte er mir noch erklärt, dass er mir verschiedenfarbige Highlights in die Haare zaubern und einen neuen Schnitt, will heißen eine neue Frisur, verpassen würde. Und dann würde ich schon sehen, *voilà*.

Ich schloss die Augen und überließ ihm ergeben meinen Kopf. Er erzählte mir vom hiesigen Bürgermeister und dessen Disput mit dem örtlichen Nationalgestüt, einer brisanten Affäre zwischen einem Modedesigner und einem Politiker, über einen Film, den er kürzlich gesehen hatte, und dem neuesten Skandal des französischen Schauspielers XYZ, von dem ich noch nie etwas gehört hatte. Mir fielen die Augen zu, und ich döste vor mich hin.

Da ich ohne Brille nicht sehr gut sehe, döste ich auch beim Haarschneiden weiter, und erst als Miriam einen schrillen Kreisch von sich gab, riss ich die Augen wieder auf. Ich war nach Aussage des Friseurs fertig.

»Mann oh Mann, mindestens zehn Jahre jünger, ehrlich.« Miriam konnte sich gar nicht mehr einkriegen.

Ich guckte in den Spiegel. Miriam hatte recht. Da schaute mich eine ziemlich fremde Person aus dem Spiegel an, die mit einem kurzem Bob in hellen, mittel- und goldblonden Strähnchen, frech in die Stirn gefranst, mindestens zehn Jahre jünger aussah.

Die Rechnung war gepfeffert, aber das Ergebnis hatte sich gelohnt.

Ich schwebte aus der Ladentür, drehte mich um und schenkte dem hinter mir gehenden Jüngling in eng-sitzenden Röhrenhosen mein verführerischstes Lächeln, das er mit offenem Mund quittierte.

Donnerwetter, diese Wirkung hatte ich nun doch nicht erwartet.

Miriam riss mich aus meinen Träumen. Sie flüsterte: »Du hast deinen Rock im Schritt, äh, also eher hinten drin, eingeklemmt.«

Oh Gott, wie peinlich. Das waren die Folgen der engen Personaltoilette.

Da renne ich mit hoch geschürztem, in der Pobacke eingeklemmtem Rock durch die Gegend und flirte mit einem pubertierenden, pickeligen Jüngling, der mich alte Schachtel für völlig irre halten musste.

An die Hauswand gelehnt, behob ich den Schaden und verlangte umgehend nach einem Cognac. Ich musste dieses peinliche Pobacken-Desaster schnellstmöglich ertränken.

Das Kaffeehaus am Marktplatz sah aus wie alle Kaffeehäuser in Frankreich. Braune Plastiktische, braune Plastikstühle, nur diesmal ohne Sonnenschirm mit dem obligatorischen Schriftzug von Frankreichs berühmter Eiscremefabrik.

Nach dem Cognac fühlte ich mich etwas besser, und wir diskutierten über das Mitbringsel für Hugo und Sandrine. Wir einigten uns auf zwei Flaschen von dem guten, deutschen Wein, den ich im Wohnwagen des Verblichenen gefunden hatte. Eine feine Spätlese, die durch die vielen Jahre sicherlich nicht schlechter geworden war.

Meine Frisur war ein voller Erfolg. Mein Mann scharwenzelte um mich herum und machte mir Komplimente wie in Zeiten unserer wilden Ehe. Diesmal hatte ich ungefragt das Schwarze angezogen, dazu rote Highheels und eine Unmenge modischer, roter Klunker. Es sah sensationell aus.

Und auch Hugo konnte die Augen nicht von mir lassen. Stolz führte er uns durch sein Haus und durch den Garten mit Swimmingpool. Er versprühte Witz und Charme und gab mir das Gefühl, als ob er mir seine Preziosen jeden Moment vor die Füße legen wolle.

Es war mir oberpeinlich, und ich hängte mich demonstrativ bei Andreas ein.

Sandrine entpuppte sich als perfekte Gastgeberin und exzellente Köchin. Das Gegockel ihres Mannes übersah sie großzügig.

In dem üppig dekorierten Esszimmer stand ein schwarz glänzender Lacktisch für sechs Personen gedeckt. Die roten Stühle passten gut zu meinem schwarzen Outfit mit den roten Accessoires. Das Kristall funkelte, das Porzellan schimmerte, das Silber glänzte, und die Stoffservietten waren kunstvoll gefaltet. In hohen, geschliffenen Gläsern prickelte der gekühlte Champagner.

Je später es wurde, umso mehr amüsierten wir uns, und sogar Andreas vergaß seinen Groll und brillierte mit seinen Französischkenntnissen. Er erzählte Anekdoten aus seiner Schule und der Abend klang harmonisch aus.

Irgendwann, weit nach Mitternacht, ließ Daniel auf dem Heimweg ungeniert einen fahren und seufzte erleichtert auf, als auch dies erledigt war.

📖

Die Tage plätscherten dahin. Wir machten Pause von allem. Pause vom üppigen Essen, Pause vom Alkohol, Pause vom Rumfahren und Pause von anstrengenden Franzosen.

Wenn Andreas überschüssige Kräfte abbauen wollte, half er Daniel beim Werkeln.

Miriam war dafür sehr dankbar und revanchierte sich mit delikaten Mahlzeiten, die sie mit Hilfe geheimnisvoller Rezepte aus der Nachbarschaft aufs Köstlichste kredenzte.

Unser Urlaub neigte sich langsam zu Ende.

Miriam und Daniel hatten am Vortag unserer Abreise noch eine Überraschung parat. Die Saison der Flohmärkte startete gerade, und das übernächste Dorf machte den Anfang.

Nun sollte ich vielleicht erwähnen, dass in der Linie meiner Vorfahren das Feilschen im Blut gelegen haben muss. Es bereitet mir zunehmend ein diebisches Vergnügen, die Schnäppchen kartonweise nach Hause zu karren, wo sie zwar für wenig Geld, aber doch mit viel Anspruch auf Platz, haufenweise im Dachboden und Keller rumgammeln.

Wir machten uns auf den Weg. Ich war mit dem notwendigen Kleingeld und Plastiktüten gewappnet und hatte zusätzlich den versprochenen Langmut meines Mannes im Gepäck.

Die Sonne meinte es gut, und die Standbetreiber sowie die Schnäppchenjäger schwitzten um die Wette. Wie üblich, seilte sich Andreas nach wenigen Minuten in Richtung Essen und Trinken ab.

Der Platz war riesig, und ich versuchte mir einen Überblick zu verschaffen. Ich bummelte von Stand zu Stand und vergaß die Zeit.

Meine Güte, was gab es da alles zu sehen!

Da lagen bunte, handbemalte Teller, viele mit angeschlagenem Rand, und dort standen Gläser, meist Einzelstücke, zart geschliffen oder bäuerlich rustikal.

Ein honigfarbenes Tischchen mit Intarsien und gedrechselten Beinen ließ meine Blicke für eine Weile nicht mehr los.

Dort standen zwei Porzellanschalen mit fein geflochtenem Korbmuster, die nur darauf warteten, dass das gewaschene Obst in die Unterteller ablief, und da schlummerten goldbemalte Mokkatassen, nur notdürftig in Zeitungspapier von vorvorgestern eingeschlagen.

Daneben stapelten sich Kartons mit spitzen Damenpumps und buntes Schuhwerk, das mit klobigen Plateausohlen alte Erinnerungen wachrief.

Kleiderständer mit altmodischen Blusen und Röcken standen neben hausgemachter Marmelade, schiefen Bilderrahmen und buntem Kinderkram.

Modeschmuck, Silberschmuck und Goldschmuck funkelte in der prallen Sonne um die Wette.

Tonnenweise verrostetes Werkzeug, fein säuberlich auf Tüchern ausgebreitet, wetteiferte mit wackeligen Stühlen und zerschlissenen Polstermöbeln um die Gunst der Käufer.

Es gab alte Bücher und neue Bücher, neue Postkarten und alte Postkarten, alte Schallplatten und neue CDs, wie auch Filmkassetten mit Titeln und Schauspielern, die mir vollkommen fremd waren.

Überall wurden bunte Blechkappen von mehr oder weniger berühmten Champagnerhäusern Frankreichs angeboten; heiß begehrte Sammelobjekte, wie auch das Blechspielzeug, vom Auto bis zur Eisenbahn.

Mir taten die Füße weh, ich hatte Hunger und unbeschreiblichen Durst. Ich hielt Ausschau nach der *buvette*, wo ich meinen angetrauten Ehemann wiederfinden würde.

Die Menschenmenge schob und zerrte, und ich ließ mich erschöpft unter einem Baum auf einem Zementpoller nieder. Ein Geschenk Gottes für meine müden Füße.

Nebenan hatte ein kleines Männchen mit Baskenmütze, die unvermeidliche Gaulloise im Mundwinkel, einige Artikel auf einem wackeligen Tischchen aufgebaut. Mein Blick wurde von einer anmutigen Tänzerin aus Bronze gefesselt, die ein Tuch über ihren Kopf flattern ließ. Jugendstil, ungefähr dreißig Zentimeter hoch.

Ich war müde, noch immer hungrig und fürchterlich durstig. Keine guten Voraussetzungen, um ins Feilschen einzusteigen.

Das Männchen sah meinen Blick und warf mir in knappen Worten die Zahl 85 zu. Fünfundachtzig Euro? Ich schüttelte den Kopf.

Er ließ nicht locker: *« Soixante-dix euros, madame, uniquement pour vous. »*

Ich schüttelte wieder den Kopf. Kein Interesse.

Der Durst war das schlimmste Übel. Die Zunge lag wie ein pelziger Klumpen in meinem Mund, und ich konnte kaum sprechen.

Aber er feilschte weiter: *« Dernière offre uniquement pour vous, madame : cinquante euros. »*

Ich brachte nur noch ein Krächzen zustande und schüttelte den Kopf.

Er fuchtelte mit den Armen und schwallte mir die Ohren voll. Ich verstand kein Wort und wandte mich müde und total erschöpft von ihm ab.

« D'accord, madame, quarante euros. Vous êtes trop forte pour moi. »

Er hielt mir die Hand hin, und ich schlug zu. Es war mehr ein Reflex, der absolut nichts mit mir zu tun hatte. Ich wollte nur noch weg und ganz schnell was trinken. Für eine Flüssigkeit in meinem ausgedörrten Hals hätte ich mir in diesem Moment wahrscheinlich auch einen ausgestopften, räudigen Fuchs andrehen lassen.

Die Geldscheine wechselten den Besitzer, und ich hielt die grazile Statue, in Zeitungspapier eingewickelt, in den Händen. Einen Moment lang schaute ich ungläubig auf mein Superschnäppchen und begann mich plötzlich zu freuen.

Ich bog eilig um die Ecke, sah die *buvette,* und dort auch meinen Mann vor einem Glas Bier sitzen. Kurz darauf saß er ohne sein Bier da, und mir war leicht schwindlig. Ich hatte das Glas angesetzt und den Inhalt in einem Zug runtergestürzt. Prompt bekam ich einen grässlichen Schluckauf.

Andreas schaute mich leicht besorgt an: »Du hast einen grünlichen Schimmer im Gesicht. Geht's dir nicht gut?«

»Ich fühl mich, hicks, einfach schrecklich, hicks, total fertig, hicks.«

Er rutschte zur Seite und fächelte mir mit dem Bierdeckel Luft zu.

»Komm, lass uns heimfahren. Du siehst fürchterlich aus.«

Er stellte im Auto die Klimaanlage an. Nur ganz leicht, klappte den Sonnenschutz runter, streichelte mein Knie und war ganz fürsorglicher Ehemann.

Im Wohnwagen schlug er die Decke auf, legte mir nasse Waschlappen auf Stirn und Nacken und öffnete eine Dose Hühnersuppe.

Ich hatte einen Sonnenstich, konnte nichts essen und klapperte mit den Zähnen. Irgendwann schlief ich ein.

Am nächsten Tag ging es mir etwas besser, aber anstatt wie geplant heimzufahren, blieben wir noch einen Tag länger. Ich brauchte Zeit, um mich für die Rückreise wieder fit zu machen.

Dann verschlossen wir den Wohnwagen und versprachen hoch und heilig, im nächsten Jahr wiederzukommen.

Doch daraus wurde nichts.

Andreas Tante verstarb im Folgejahr, und wir fuhren zu ihrer Beerdigung nach Südwestengland, wo wir den Onkel trösteten und unseren gesamten Jahresurlaub mit ihm verbrachten.

Wir vergaßen das „Ding", die Champagne und unser Versprechen.

Erst ein Jahr später konnten wir unsere Zusage wieder einlösen und packten unsere Koffer. Für Frankreich, den See und das „Ding".

2

Es regnete Bindfäden. Das Gewitter hatte uns kurz vor dem See überrascht, und ein leicht verwischter Regenbogen spannte sich von einem imaginären Ende zum anderen. Zehn Minuten später nieselte es nur noch. Das Gras auf der Wiese stand knöchelhoch, und der Boden quietschte unter den Schuhen meines Mannes. Andreas zog sie einfach aus und lief barfuß durch das üppige Gras.

»Komm her, es ist herrlich.«

Als er den Wohnwagen aufgeschlossen hatte, kam uns ein Schwall abgestandener Luft und ein kleiner, scharfer Geruch in die Nasen. Igitt, Mäusepipi. Ach, Herrjeh, schnell alle Fenster auf.

Wir waren wieder da. In Frankreich, in der Champagne, am *lac du Der-Chantecoq* und in unserem „Ding".

Diesmal hatten wir die ganzen Sommerferien eingeplant, aber Miriam und Daniel waren nicht dabei. Daniel hatte im letzten Jahr ein festes Engagement beim Hessischen Rundfunk bekommen und war ständig auf Proben, bei Aufnahmen, in Konzerten oder auf Tourneen. Und dieses Jahr war Daniel durch eine lange Auslandstournee verhindert und Miriam ernsthaft krank geworden.

Miriam hatte uns gebeten, alleine ins Eulenhaus zu fahren, um nach dem Garten zu sehen. Da wir sowieso vorhatten, unseren Urlaub in unserem Wohnwagen zu verbringen, sagten wir gerne unsere Hilfe zu.

Das war sowieso eine seltsame Geschichte mit den beiden. Miriam war im letzten Jahr mehrfach alleine nach Frankreich gefahren, weil Daniel durch seinen beruflichen Wechsel absolut unabkömmlich war. Sie kam jedes Mal total abgedreht zurück, erzählte skurrile Geschichten aus dem Dorf, die letztendlich keinen Menschen interessierten, und magerte stetig ab. Er machte Karriere, und sie Urlaub in Frankreich. Solo. Kurz bevor wir losfuhren, wurde Miriam für mehrere Wochen in eine psychosomatische Klinik eingewiesen.

Irgendwas stimmte in der Ehe der beiden nicht.

Die Sonne brach durch die Wolken und überflutete die Wiese mit flirrendem, goldenem Licht. Das Gras dampfte, und der Kontrast zwischen den vorüberziehenden grauen Wolken, den hellen Sonnenstrahlen und dem saftigen Grün brannte in unseren Augen. Die Farben wurden scharf und glasklar.

Andreas schleppte unsere Taschen und die Küchenkiste in den Wohnwagen. Diesmal sollte die Verpflegung wieder mein Reich sein, denn mein Liebster hatte geradezu gedrängelt, den vernachlässigten Garten unserer Freunde wieder auf Vordermann zu bringen.

Ich schnüffelte unter dem Gaskocher. Der Mäusepipi-Geruch verstärkte sich. Ich triumphierte: »Ich habe sie, die Stinkequelle.«

Unter dem Gaskocher waren sie, länglich und platt, so wie Mäuseknödel eben aussehen. Wahrscheinlich waren meinem Göttergatten vor zwei Jahren Essensreste beim Kochen runtergefallen, und ich hatte meine Putzpflichten sträflich vernachlässigt. Jetzt hatten wir die Bescherung.

Es klopfe kräftig an der Wohnwagentür. Eine kleine, zierliche Frau lächelte uns an.

»Miriam hat uns angerufen und gesagt, dass Sie in diesem Jahr hier Urlaub machen würden. *Bienvenue en France !* und herzlich willkommen. Ich bin Ihre Nachbarin und heiße Corinne.«

Die kleine, dunkelhaarige Frau streckte uns eine Schüssel mit vollgekackten Hühnereiern entgegen.

»Fürs Abendessen, ganz frisch aus dem Nest. Und wenn Sie den Motormäher brauchen sollten, sagen Sie einfach meinem Mann Bescheid. Wir helfen gerne.«

Wir waren von so viel Hilfsbereitschaft überwältigt und bedankten uns herzlich.

Sie ging winkend zum Nachbarhaus und wir in den Dorfkrug. Zum Kochen hatte ich am ersten Abend nach der langen, anstrengenden Fahrt keine Lust.

Die Mürrische hatte so etwas wie ein erkennendes Aufleuchten in den Augen und empfahl uns als Vorspeise Kalbskopf an *sauce gribiche.* Der gekochte Kalbskopf ist eine etwas glibberige Angelegenheit, die mit einer leicht säuerlichen Sauce aus hartgekochtem Eigelb, gehackten Gurken, Senf, Essig und Öl sowie ganzen Kapern, einen guten Einstieg zu unseren gegrillten Lammkoteletts gab. Andreas hatte das obligatorische *Picon-Bière* als Aperitif bestellt, und es blieb natürlich nicht nur bei einem Glas. Zum Essen gab es einen süffigen Roten, der unsere Stimmung beträchtlich in die Höhe trieb und uns immer alberner werden ließ.

Der grauhaarige Herr mit Tochter am Nebentisch schaute ständig zu uns herüber und sprach uns schließlich in perfektem Deutsch an. Er habe ein Import-Export Unternehmen in Paris, das gute Geschäfte mit Deutschland mache. Daher seine Deutschkenntnisse. Er habe von seiner Großmutter im Nachbardorf einen alten Fachwerkhof geerbt, den er jetzt von oben bis unten restaurieren müsse. Er erzählte, dass das Anwesen einen enormen Wasserschaden hatte, als er es übernahm. Die Innenwände seien nur noch offenes Fachwerk; eine Herausforderung für jeden Ausstatter. Aber es gäbe in der Gegend einen sehr guten Schreiner, der ihm exquisite Möbel nach Maß für sein neunzig Quadratmeter großes Wohnzimmer anfertigen würde.

Mir blieb die Spucke weg. Möbel nach Maß für ein Ferienhaus! Nun denn, man gönnt sich ja sonst nichts.

Seine Hände spazierten derweil ständig über das junge Mädchen im enganliegenden Pullover an seiner Seite. Sie war wohl doch nicht seine Tochter.

Er hörte nicht mehr auf zu reden, und es wurde langsam unangenehm. Alsbald richtete er mehr und mehr das Wort nur noch an mich und kümmerte sich nicht mehr um seine Begleitung, geschweige denn nahm er Notiz von meinem Ehemann. Himmel hilf, gibt es denn in diesem Land keinen einzigen Mann, der nicht hinter jeder Schürze her ist?

Wir fielen beide todmüde ins Bett und aus Tradition mal wieder ohne Ausziehen und Waschen. Diese *Picon*-Bierchen waren aber auch so was von Müdemachern.

📖

Andreas Pfeifen weckte mich am Morgen. Der Kaffeeduft konnte kaum den widerlichen Geruch von Mäusepipi überdecken. Ich konnte mich ebenfalls nicht mehr riechen und machte mich schleunigst in die Waschkabine. Dort schrubbte und rubbelte ich bis meine Haut leuchtete. Dann war der Wassertank leer. Zum Zähneputzen musste die mitgebrachte Flasche Sprudelwasser herhalten. Egal, der erste Urlaubstag konnte beginnen.

»Komm, lass uns rübergehen und Wasser und Strom anstellen. Wir dürfen beides wieder benutzen, so wie vor zwei Jahren.«

Der Garten sah schrecklich aus. Verwilderte Beete, in denen die Rosenstöcke in Quecken erstickten und auf den Kieswegen wucherte üppig das Unkraut. Andreas hatte vorsorglich eine Gartenschere eingesteckt und schnitt uns die Eingangstür frei. Die Glyzinie hatte ihre Triebe über die gesamte Tür geschlungen und klammerte sich an dem rauen Putz zwischen dem Ständerfachwerk fest. Unter der gusseisernen Hoflaterne hatte sich ein beachtlicher Haufen Vogeldreck angesammelt.

»Ach, du schöne Scheiße«, sprach mein Liebster und hob die Füße.

Endlich hatte er das Türschloss auf und den richtigen Schalter gefunden.

»Licht an, Wasser marsch«, er grinste spitzbübisch, »willst du nicht reinkommen?«

Gott bewahre, keinen Schritt würde ich in das unbewohnte Haus tun. Ich hatte wenig Lust auf weitere Mäuseknöddel, Spinnweben oder sonstigem Getier.

Aber der Garten hatte mein ganzes Mitleid. Ich pflückte ein paar Stängel Petersilie und etwas Schnittlauch, die allen Widrigkeiten zum Trotz die Wildnis überstanden hatten und machte uns ein feines Rührei aus den vollgekackten Eiern.

Im Nachhinein ließ ich die goldene Regel, dass man Eier nicht waschen dürfe, aufgrund dieser taufrischen Naturprodukte nicht gelten. Ab sofort wurden die Eier sorgfältig von kleinen Federn, Strohfitzelchen und Hühnerkacke mit viel Wasser befreit. Und über die Haltbarkeit musste ich mir sowieso keine Gedanken machen; so frisch vom Nest würden sie in kürzester Zeit in der Pfanne landen.

Andreas hatte bereits die neuen Liegestühle aufgestellt, die wir aus Deutschland mitgebracht hatten. Bordeauxrot, weiß und petrolblau gestreift waren sie mein ganzer Stolz vom letzten Einkaufsbummel in einem schwedischen Möbelhaus.

Wir ließen uns hineinplumpsen und machten Pläne für unseren Urlaub.

»Was hältst du davon: Ich gehe jeden Vormittag in den Garten, und du machst derweil den Haushalt mit allem Drum und Dran. Nachmittags können wir dann zusammen was unternehmen.«

Im Prinzip war dagegen nichts einzuwenden, aber ich kenne meinen Ehemann. Wir hatten uns vorgenommen, diese Mal die Gegend rund um den See sowie die nähere Umgebung zu erforschen. Dafür würden Tagesausflüge notwendig sein und die angekündigten Nachmittage nicht ausreichen. Ich kniff die Lippen zusammen und sagte erst mal nichts. Aber die Gewitterwolken zeigten sich bereits am imaginären Horizont.

Dazu muss ich etwas klären: Andreas besitzt so etwas wie goldene Hände und zwar für alles was mit Holz, Elektrik, Gas und Wasser zu tun hat. Das macht er gerne, und das macht er auch richtig gut. Aber wenn es darum geht Balkonkästen zu säubern, diese mit Erde zu befüllen oder gar zu bepflanzen, dann gibt es bei uns zuhause Krach vom Feinsten. Wir sind glückliche Mieter einer Wohnung mit Balkon und Stellplatz im Hof. Der Balkon ist mein Refugium, unsere Oase, die aber nur durch meine Schufterei traumhaft grünt und blüht. Mein angetrauter Ehemann tut keinen Schlag und behauptet steif und fest, dass er keinen grünen Daumen habe. Basta.

Dieses Jahr jedoch hatte er unseren Freunden fest versprochen, dass er sich um ihren verwilderten Garten kümmern würde. Ich hatte von Anfang an meine Bedenken. Wie sollte das gehen? Ich kniff die Lippen zusammen und sagte erst mal nichts. Wir wollen uns doch nicht schon am ersten Urlaubstag streiten, oder?

Kurz darauf kam von mir: »Ich geh' dann mal ins Dorf und schau, ob ich beim Honigmann fündig werde.«

Räumliche Trennung, auch nur für kurze Zeit, hat bei Unstimmigkeiten schon immer geholfen. Also machte ich mich auf den Weg.

Das kleine Schild mit der Aufschrift *miel* schaukelte an dem großen Scheunentor, in dem auch eine kleine Eingangstür integriert war. Eine Klingel war weit und breit nicht zu sehen. Ich drehte den Türknauf in die falsche Richtung, und das Tor ging auf.

Das hatte ich mir gemerkt: viele Türen und Fenster muss man in Frankreich zudrehen, um sie auf-zubekommen.

Ich rief laut über den Hof: *« Allo, quelqu'un à la maison ? »*

Ein paar Hühner scharrten in einem abgeteilten Stück des Gartens und gackerten aufgeregt, als sie meine

Stimme hörten. Eine getigerte Katze streckte sich faul in der Sonne.

Ich ging zur Haustür und wiederholte das Prozedere: erst rufen, dann drehen. Ich musste erst lernen, dass die meisten Türen im Dorf nicht abgeschlossen sind.

In dem engen Gang stand ein altmodischer Küchenschrank mit einem Vitrinenaufsatz und gab den Blick auf mehrere Plastikeimerchen mit cremig weißem und sonnig gelbem Honig frei. Mir lief das Wasser im Mund zusammen. Miriam hatte den Honig immer selbst geholt und mir kurz vor unserer Abreise erklärt, wo der Honigmann zu finden sei. Nun stand ich also persönlich vor dem Objekt meiner Begierde.

Ich klopfte an die rechte Zimmertür. Nichts rührte sich. Na gut, dann eben links. Ein dünnes Stimmchen meldete sich mit einem zittrigen « Entrez ! ».

In der geräumigen und penibel aufgeräumten Wohnküche saß ein alter Mann mit einer Baskenmütze auf dem Kopf. Vor ihm stand eine Schale mit Kaffee, ein Stück Kuchen lag auf einem Teller daneben. Ich entschuldigte mich für die Störung und fragte nach dem Honig.

Seine zittrigen Worte verstand ich kaum: « *Mais oui madame, un petit moment, s'il vous plaît.* »

Er schlurfte an mir vorbei in die Diele und kam mit einem Topf weißem und einem Topf gelbem Honig zurück.

»Welchen möchten Sie denn haben?«

Ich konnte nicht widerstehen und kaufte ihm beide Eimerchen ab. Zehn Euro für zwei Kilo Imkerhonig, da musste ich einfach zulangen. Höflich verabschiedete ich mich und spazierte langsam und glücklich zu unserem Wohnwagen zurück.

Andreas hatte verschiedene Gartengeräte und eine große Tonne aus dem Schuppen geholt und die Eingangstür vom Eulenhaus komplett freigeschnitten. Der untere Teil der Glyzinie, der die Tür und die Hauswand überwuchert hatte, war gestutzt. Andreas war fleißig gewesen, und ich war wieder versöhnt.

Ich machte mich an die Vorbereitungen für das Abendessen. Mal schauen, was die Küchenkiste so hergab: da waren wässrige Tomaten aus Holland und kleine, fertig gebratene Schnitzel, die ich von Deutschland mitgebracht hatte. Wir knabberten beide lustlos an unserem deutschen Essen herum. Das passte irgendwie nicht nach Frankreich.

Dem Himmel sei Dank, morgen war Markttag.

Nach dem Abwasch saßen wir im Dämmerlicht vor dem „Ding" und hielten uns fleißig an den gekühlten, spritzigen Rosé.

Dalida sang leise aus dem Kofferradio. Der Sender *Radio Nostalgie* gab eine Hommage an die internationale Künstlerin, die vor vielen Jahren freiwillig aus dem Leben geschieden war.

Langsam senkte sich die Nacht über den Fluss, und wir atmeten genüsslich die laue Abendluft und den Duft des fruchtigen *Tavel* aus unseren Gläsern ein. Der Sternenhimmel spannte sich weit und klar über uns. Alles war still und friedlich.

Wir waren wieder auf unserer Wiese in Frankreich, und die Welt war für uns in Ordnung.

📖

Endlich Markttag. Mein vernünftiger Ehemann hatte von ganz alleine den Vorschlag gemacht, dass ich ohne ihn Einkaufen gehen soll. Er habe im Garten zu tun.

Ich schnappte mir den großen Weidenkorb und pfiff zur Abwechslung ein Liedchen vor mich hin.

Auf dem Markt war noch wenig los. Im Hochsommer ist das Angebot breiter und bunter. Ich strolchte von Stand zu Stand, blieb mal hier, mal dort stehen. Kein Mensch guckte scheel, als meine Finger über die glatte Haut der Auberginen glitten, als ich die Tomaten prüfend in meinen Händen rollte, als meine Nase an den Melonen schnupperte, und meine Fingerspitzen vorsichtig die jungen Blätter der Artischocken streichelten. Ich vertrödelte genüsslich die Zeit.

Hinter mir hörte ich plötzlich eine englische Stimme: *"Have you seen the sausages, honey? You know, those with garlic."*

Ich drehte mich um. Der Engländer war das Klischee eines typischen Briten. Akkurater Haarschnitt, blasser Teint, verbrannte Nase. Helle Leinenhose, blaues Leinenhemd, klassischer Ledergürtel. Der ganze Mann dezent nach edlen Hölzern duftend.

Seine Begleiterin war einen Kopf kleiner und hatte einen hellen Rotschopf, der in langen, weichen Wellen über ihre Schultern fiel. Das Kleid war eher schlicht, unauffällig, aber elegant geschnitten.

Alles sah sehr teuer aus.

Ich hatte den Stand mit den vierundzwanzig Wurst-sorten dieses Mal in dem neuen, erweiterten Teil des Marktes entdeckt, als ich vom Parkplatz über einen Seiteneingang in den alten Marktbereich bummelte.

"They have moved into the new part of the market", klinkte ich mich in ihr Gespräch ein.

Erfreut drehte sich die Engländerin um und plappert in einer mir ungewohnten Diktion ohne Punkt und Komma drauflos. Wie froh sie sei, endlich einmal jemanden zu treffen, der ihre Muttersprache spreche, und wo ich denn herkomme, und was ich hier mache, und ob ich denn Urlaub mache?

Ich hatte vor Jahren für eine Weile in London gelebt, aber diese Sprachfärbung war mir neu. Ich musste mich sehr anstrengen, um die stark betonten Konsonanten auf die Reihe zu bringen.

Sie erzählte, dass sie im Norden Englands zuhause seien, und dass sie hier seit zehn Jahren ein Ferienhaus hätten. Und dass sie sich mit der Sprache der Gallier unglaublich schwertue. Ihr Mann Donald dagegen wäre da um einiges flexibler. Und ihre Kinder hätten sowieso keine Probleme, sich hier zu verständigen.

Dazu muss man wissen, dass das mit den Fremdsprachen in Frankreich so eine Sache ist. Viele Franzosen erzählten mir schon im Laufe meiner Austauschjahre vollmundig, dass sie in der Schule Deutsch, Englisch oder Spanisch gelernt hätten. Persönlich habe ich aber noch nie eine Fremdsprache über französische Lippen zu hören bekommen. Außer von dem grauhaarigen Herrn am Nebentisch natürlich

Ici on parle français !

Ich schaute mir das kapriziöse Persönchen etwas näher an und rätselte über ihr Alter. Bald stellte sich heraus, dass ihr Ferienhaus nicht weit von unserer Wiese steht, und ich hatte null Komma nix eine Einladung zum Aperitif, um 18.00 Uhr in ihrem Haus mit den blauen Läden. Man könne es gar nicht verfehlen.

Wir plauderten noch eine Weile, dann verabschiedeten wir uns, und ich machte mich schleunigst an die Erledigung meiner Einkaufsliste.

Vielleicht sollte ich noch erwähnen, dass ich im letzten Jahr den MP3-Player fleißig genutzt und sämtliche verfügbaren Lernprogramme in der französischen Sprache aufgekauft hatte. Mit meinem Schulfranzösisch, dem Schülerlaustausch, diversen Lernprogrammen und Arte sei Dank, konnte ich mich inzwischen recht flüssig verständigen. Durch einen glücklichen Zufall habe ich, wie man mir immer wieder versichert, keinen deutschen Akzent. Sowas hilft.

Und da ich inzwischen schon etwas spät dran war, konnte ich das eine oder andere Gemüse, kurz vor Marktschluss, noch zum Schnäppchenpreis ergattern.

Andreas schob Kohldampf. Er hatte mehrere Schubkarren Unkraut auf den großen Komposthaufen in den hinteren Garten gekarrt. Dunkle Schweißflecke zeichneten sich auf seinem T-Shirt ab.

»Ich gehe noch schnell unter die Gartendusche und dann, ich sag's dir, ich habe einen Bärenhunger.«

Beim Mittagessen erzählte ich ihm von der Einladung. Andreas bekam große Augen.

»Na, ob ich das so schnell auf die Reihe kriege? Eben noch den Kopf voller französischer Vokabeln, und dann soll ich plötzlich Englisch sprechen. Das kann ja lustig werden.«

Und das wurde es auch.

Das Haus mit den blauen Läden war einfach zu finden. Es stand längs zur Straße gebaut und hatte einen parkähnlichen Garten bis zum Fluss. Im Hof stand ein funkelnagelneuer Bentley mit englischem Kennzeichen. Vor der Eingangstür prahlten Rosenstöcke mit prallen rosa Blüten in großen Terrakottatöpfen und verströmten betörende Düfte.

Very British.

Paula hatte ein malvenfarbenes Leinenkleid angezogen und ihr Haar mit einem Band in der gleichen Farbe gebändigt. Ihr Rotschopf sprühte bei jeder Bewegung Funken. Ihre gepflegten, perlmuttfarbigen Zehennägel schimmerten an schmalen, bronzefarbenen Füßen in weißen Riemchensandaletten.

Als wir unter einem schattigen Baum Platz genommen hatten, versteckte ich schnell meine blassen Großstadtfüße mit den unlackierten, kurz geschnittenen Nägeln unterm Stuhl. Ich hatte plötzlich Komplexe. Neben diesem fulminanten Persönchen kam ich mir wie ein Bauerntrampel vor. Meine Jeans und das blaue Modal-Shirt waren zwar sehr praktisch und auch sauber, aber mehr konnte man dazu nicht sagen.

Ähnlich musste sich Andreas gefühlt haben, denn Donald, ganz britischer Gentleman, sah im perfekt geschnittenen Tropenanzug einfach umwerfend aus. Kolonialstil vom Feinsten, es fehlte nur noch ein glühend roter Sonnenuntergang in der Savanne. Und fernes Löwengebrüll.

Wir bekamen einen selbst gemixten Punch vorgesetzt. Mein lieber Herr Gesangsverein, der Drink war noch stärker als unsere *Picon*-Bierchen. Die waren dagegen die reinsten Waisenknaben.

Donald mischte das Gebräu aus Rum mit Rum und noch mehr Rum, etwas Orangen- und Zitronensaft und braunem Rohrzucker. Es schmeckte köstlich, aber nach dem ersten Glas war ich bereits halb hinüber. Donald hatte eine ganze Karaffe mit dem Getränk auf den Tisch gestellt. Der gefüllte Eiskübel stand daneben. Er goss großzügig nach. Wir nippten nur an den Gläsern, schon unserer Leber willen. Die beiden hatten weit weniger Hemmungen und füllten sich eifrig nach. Nicht die Spur von Schwächeln, auch nicht nach dem dritten Glas.

Die Stimmung stieg.

Plötzlich sprang Donald auf: »Wisst ihr was, ihr bleibt einfach zum Abendessen da. Ich grille uns was, und wir machen es uns gemütlich.«

Paula war sofort Feuer und Flamme. Wir hatten auch nichts dagegen.

Während meiner Zeit in England hatte ich einmal gehört, dass Engländer die miesesten Grillmeister aller Zeiten seien. Damals lebte ich in London, mitten in der City, und mein Bekanntenkreis zog sich vom einfachen Migranten bis hin zum waschechten Londoner Snob mit Luxusherberge an der Themse. Sie alle hatten eins gemeinsam, nämlich keinen Garten zum Grillen. Ich konnte mir also kein Urteil erlauben.

Allein an dem Gerücht schien was dran zu sein. Donald machte alles falsch, was man mit einem Grill falsch machen konnte.

Ich erzählte von meinen beruflichen Jahren in London. Die Engländer von ihren erwachsenen Kindern. Tochter Lara sei eine aufstrebende Künstlerin, die sich für ihren Lebensunterhalt auf Innendekorationen in teuren, englischen Wohnsitzen spezialisiert habe und zur Selbstverwirklichung eigene Vernissagen veranstalte. Der Sohn sei Privatlehrer verzogener Sprösslinge von adeligen Familien aus Italien, Bänker aus der Schweiz, neureichen Oligarchen aus Russland und Scheichs aus Saudi Arabien. Brian brachte die Kinder des Geld- und Hochadels durchs Abitur, verdiente selbst einen Haufen Kohle und kam dabei noch in der ganzen Welt herum.

"Filthy rich, these people", war der Kommentar von Donald über die Arbeitgeber seines Sohnes.

Ihnen schien es anscheinend auch nicht schlecht zu gehen. Donald erzählte uns, dass er ein hoher Militär im Fernen Osten gewesen war und mit sechsundvierzig Jahren in den Ruhestand gehen durfte. Wie bitte, mit sechsundvierzig Jahren? Jawohl, und ein netter Bonus sei auch noch drin gewesen.

Schweigen von unserer Seite.

Das Gemüse war hart, die Frikadellen verkohlt, die Würstchen trocken, und die Knoblauch-Baguette sprang uns krachend vom Mund, weil sie zu rösch geröstet war.

Was zum Teufel trieb dieser Mann mit dem bisschen Holzkohle und noch weniger Glut?

Wir hielten uns schließlich an den süffigen, trockenen Merlot und vergaßen unseren Hunger. Der Abend wurde lang und lustig, und letztlich zählt ja nur die Gastfreundschaft, oder?

📖

Wieder empfing uns ein strahlender Morgen, dem unsere Brummschädel und unsere knurrenden Mägen egal waren. Wir kamen nur schwer aus den Betten, und ich konnte Andreas verstehen, dass er null Bock auf Gartenarbeit hatte, zumal ihn ein kapitaler Muskelkater plagte.

Als ich zum ehemaligen Kräutergarten kam, um für das Mittagessen etwas Würzmittel zu suchen, überkam mich plötzlich eine unbändige Lust auf Gartenarbeit. Ich hatte in kürzester Zeit Rauke, Knoblauch, Petersilie und Majoran freigelegt und konnte nicht mehr aufhören. Ich rupfte und zupfte bis Miriams Küchengarten wieder seine ursprüngliche Gestalt angenommen hatte. Da wuchsen Petersilie, Liebstöckel, Salbei und Borretsch, dort Minze, Melisse und Oregano. In einer Ecke schossen Estragon, Schnittlauch und Sauerampfer aus dem Boden. Ein dicker Lorbeerbusch hatte zarte, grüne Blätter im Angebot.

Ich schwelgte in Aromen und Düften. Das Mittagessen hatte ich völlig vergessen.

»Bist du von allen guten Geistern verlassen? Ich habe einen Mordshunger, und du buddelst in der Erde.«

Der Vorwurf war unüberhörbar und Andreas hatte irgendwie recht. Trotzdem war ich leicht verschnupft, denn immerhin hatte ich seine Arbeit getan. Er war ja, a priori, für die Gartenarbeit zuständig.

Aber dann nahm mich mein Liebster plötzlich in die Arme und gab mir einen dicken Kuss. Er entschuldigte sich: »Tut mir leid, mein Mädchen, ich bin ein Idiot. Du machst dir die Mühe, und ich mache dich dumm an. Sei mir bitte nicht böse. Das hast du richtig toll hingekriegt mit dem Kräutergarten.«

Na bitte, geht doch.

Andreas schmiss ohne Murren den Grill an und zauberte einen frischen Gartensalat mit seiner unvergleichlichen Vinaigrette und frischen Kräutern auf den Tisch. Dazu präsentierte er Kalbskoteletts, mit einem Hauch von Thymian, auf einer alten ovalen Keramikplatte vor die erschöpfte Gartensklavin. Ich wunderte mich. Wo hatte er denn dieses Schmuckstück aufgetrieben? Andreas musste die Vorlegeplatte aus den Pfründen des Verblichenen ausgegraben haben. In einem geflochtenen Brotkorb servierte er zwei frische Baguettes, die er von einer vorbeifahrenden Bäckerin ergattert hatte.

»Sie kommt jeden Tag zweimal vorbei. Das erste Mal um sieben Uhr morgens und das zweite Mal kurz vor der

Mittagszeit. Ich habe ab sofort für jeden Morgen Baguette bestellt.«

Das klang gut, sehr gut sogar. Ich lächelte meinen Ehemann versöhnlich an, war satt und wieder friedlich. Wir hatten schließlich unser Tagespensum geschafft, wenn auch mit umgekehrten Vorzeichen.

»Ab morgen machen wir es dann wieder richtig rum, einverstanden?«

Andreas grinste mich an: »Klar doch«, und trug mich in das „Ding" zum Mittagsschläfchen.

Wir wurden durch hartes Klopfen aus dem Schlaf gerissen.

»Jemand zuhause?«

Vor der Tür stand ein drahtiger Endfünfziger mit schlohweißem Haar und wischte sich mit einem Taschentuch den Schweiß von der Stirn.

»Ich habe gerade den Motormäher an. Wollen Sie ihn benutzen?«

Andreas wollte schon immer mal auf so einem Ding sitzen. Fünfundzwanzig PS, Einspritz-Benziner, Endpreis zwischen tausendfünfhundert und dreitausend Euro das Stück.

Er sah auf dem roten, schnittigen Gefährt richtig gut aus und ließ den Motor langsam kommen. Ein Ruck, ein Zuck, und der Motormäher schnurrte wie am Schnürchen. Aber dann, mein Mann fuhr wie besoffen über das Wiesenstück, und der Mäher bockte wie ein junges Füllen.

»Das Scheißding kommt mit den Löchern in der Wiese nicht klar, und ich auch nicht«, brüllte er über den Motorenlärm.

Dann fuhr er eine unelegante Kurve und kippte um. Ich konnte mir nicht helfen, das Lachen kribbelte erst ganz langsam vom Bauch nach oben, und ließ sich dann einfach nicht mehr stoppen. Andreas war auf dem Sattel wie auf einem wild gewordenen Mustang auf und ab gehüpft und wutsch, einfach weggekippt. Ich lachte bis ich Seitenstechen bekam. Er war wütend, richtig wütend. Dieser Mann war in seiner Mannesehre gekränkt.

»Mach's doch besser, wenn du kannst, Liliane.«

Und zack, hatte ich den schwarzen Peter. Ich saß genauso bescheuert auf dem Mäher, fuhr zick-zack und hatte meine liebe Not, oben zu bleiben. Jetzt lachte sich Marcel halb kaputt, so heißt nämlich unser Nachbar zur Rechten.

»Machen Sie sich nichts draus. Das geht jedem so am Anfang. Sie werden sehen, beim nächsten Mal klappt es schon sehr viel besser.«

Sein Wort in Gottes Ohr.

Letztendlich mähte Marcel die Wiese zu Ende, und wir luden ihn und seine Frau zum Aperitif ein.

Sie erzählten uns, dass sie vor kurzem arbeitslos geworden seien. Beide hatten ihr ganzes Arbeitsleben in der ortsansässigen Käserei verbracht, er als LKW-Fahrer und sie als ungelernte Bürohilfe. Sie waren quasi über Nacht gekündigt worden. Die Erbin hatte kurzerhand verkauft, und die Rezeptur wie auch die Kundenliste gingen an die Konkurrenz, einem Großbetrieb im nördlichsten Teil des Departements. Zweiundzwanzig Menschen standen plötzlich ohne Arbeit auf der Straße. Wie Marcel erzählte, war das in dieser strukturarmen Gegend eine Katastrophe, und er hatte mit seinen siebenundfünfzig Jahren keine Chance, nochmals Arbeit zu bekommen. Für Corinne war die menschliche Komponente das Problem. Sie hatte in dem Betrieb ihren zukünftigen Mann kennengelernt und ihn kurz darauf geheiratet. Beide waren der Firma über dreißig Jahre treu geblieben. Außerdem war sie gut zwölf Jahre jünger als ihr Mann, und ohne Berufsausbildung in dieser Gegend schwer zu vermitteln.

Die *Picon*-Bierchen halfen etwas. Wenig später wechselten die Themen zu angenehmeren Dingen, und es wurde ein langer, fröhlicher Abend.

📖

Die Tage plätscherten dahin. Andreas hielt sich an die Abmachung und werkelte vormittags im Garten. Nach dem Mittagessen machten wir ein Mittagsschläfchen und fuhren erst gegen siebzehn Uhr an den See. Wir schwammen gemächlich unsere Runden und bekamen ohne weitere Blessuren eine goldschimmernde Farbe auf der Haut. Das Wasser im See war glasklar, die Duschkabinen geräumig und das Duschwasser umsonst. Außerdem schön warm und reichlich vorhanden. Erfrischt ließen wir die Tage vor unserem Wohnwagen bei reichlich köstlichem Rosé ausklingen.

Bislang hatten wir noch keinerlei Ambitionen gehabt, einen größeren Ausflug zu unternehmen. Doch heute sollte sich das ändern.

Ich packte einen bunten Kartoffelsalat in die Kühlkiste und heiße Würstchen in die Thermoskanne. In einem deutschen Discounter hatte ich eine praktische Picknick-Kugel entdeckt und sofort für unseren Frankreichaufenthalt erstanden. Die beiden verschraubbaren Schüsseln fassten tiefe und flache Teller sowie Becher und Besteck für vier Personen, alles aus sonnengelbem Plastik. In den Korb stopfte ich noch eine Rolle Küchenpapier, einen Universalflaschenöffner, zwei Flaschen Wasser und eine Flasche Bier.

Es konnte losgehen. Wir wollten in das mittelalterliche Städtchen Troyes fahren, die Heimat der unsäglichen Innereienwurst. Abgesehen von der gewöhnungsbedürftigen, kulinarischen Spezialität sollte es mit vielen schön renovierten Fachwerkbauten, mehreren imposanten Kirchen, einer beachtlichen Kunstsammlung, und einem berühmten Werkzeugmuseum glänzen.

Wir wollten nicht auf der stark befahrenen *route nationale* fahren und hatten uns eine etwas längere Strecke über kleinere Straßen und Dörfer ausgesucht. Das Landschaftsbild veränderte sich ständig. Die Häuser waren jetzt aus hellem Kalksandstein und standen längs zur Straße. Ab und an sahen wir ein Waschhaus, das noch im Ständerfachwerk gebaut war, aber der Stil verlor sich mehr und mehr. Große Getreidesilos standen inmitten endloser Felder. Im reifen Korn spiegelten sich die Schatten der Wolken. Die Hitze flirrte, und wir waren froh, dass unser Auto eine Klimaanlage hatte.

Die Bebauung wurde dichter. Kleine Siedlungshäuschen kündigten die nahende Stadt an. Dazwischen vierstöckige Zweckbauten mit Satellitenschüsseln auf extrem schmalen Balkonen. Das sah nicht sehr einladend aus. Dieser Baustil wird in der Champagne bevorzugt für Sozialwohnungen angewendet, und die staatlich geförderten Unterkünfte heißen hier *HLM*.

Die Abkürzungswut der Franzosen begleitete uns ständig auf Schritt und Tritt und erforderte viel Fantasie, um den Wortsinn zu entschlüsseln. So manche Abkürzung ist mir noch bis heute ein Rätsel.

Die Stadt öffnete sich mit einem großen Industriegebiet, das völlig überdimensioniert für Outlets in Sachen Bekleidung warb. Wir erfuhren, dass ein Sohn der Stadt namens Lévy große Textilfabriken sein Eigen nannte und er mit seinem Geld viel Kunst und Kultur gesponsert hatte.

Wir parkten das Auto und steuerten auf einen Stadtplan zu.

»Du, schau mal. Der Grundriss von der Altstadt sieht wie ein Champagnerkorken aus.«

Was mein Ehemann so alles sieht? Aber er hatte recht.

Wir suchten das *office de tourisme* auf und deckten uns im Fremdenverkehrsbüro großzügig mit Informationsmaterial ein. Die junge Studentin sprach zwar kein Wort Deutsch, gab uns aber in stockendem Englisch den Tipp, unbedingt die Katzengasse zu besuchen.

Gesagt, getan. Wir stolperten über holperiges Kopfsteinpflaster und bestaunten aufwändig aufgearbeitete Fachwerkfassaden und gemütliche Cafés und Restaurants, vor denen blumengeschmückte Tröge standen. Davor vollbesetzte Tische und Stühle. Ein vielsprachiges Wortgewirr überzeugte uns, dass Troyes etwas zu bieten haben muss.

Endlich sahen wir das winzige Gässchen mit dem Schild *ruelle des chats*. In der Gasse war es so eng, dass wir hintereinander gehen mussten. Wir reckten die Köpfe in die Höhe. Die Dachgiebel der geduckten Häuser neigen sich so stark zueinander, dass Katzen mühelos von einem Dach zum anderen springen können.

Es war dunkel und roch modrig. Das Fachwerk war auch hier in honiggelben Tönen aufwändig restauriert und allerlei Dekokram stand vor den niedrigen Eingangstüren. Schnörkelige Steinputten und überdimensionale Holzlaternen wechselten sich mit kitschigen Keramikkatzen und bunten Plastikblumen in protzigen Terracotta-Kübeln ab. Zu dunkel, zu überladen, und viel zu viel Tand nach unserem Geschmack.

Am anderen Ende der Gasse lockte eine geöffnete Tür aus massivem Eichenholz. Sie führte uns in einen hellen Innenhof mit üppig duftenden Geranien. Anmutig gedrehte Steintreppen, mit kunstvoll geschnitzten Holzgalerien, führten zu Wohnungstüren ineinander geschachtelter Häuser. Überall Türmchen und Erker. Geruhsame Stille lag über dieser Idylle, mitten im Städtchen. Wir setzten uns auf eine Steinbank in den Hof und hielten eine Weile Händchen.

Danach rollten wir das obligatorische Touristenprogramm ab. Wir besuchten das Goldschmiedehaus, vier Kirchen mit Glasfenstern der Glasschulen von Troyes, die Privatsammlungen des Herrn Lévy mit Gemälden von Braque, Matisse, Picasso und Cézanne, und die Abtei St. Loup, die älteste Bibliothek Frankreichs.

Das Café am Marktplatz zierte Blumenkästen mit granatroten Petunien, tiefblauen Glockenblumen und strahlend gelben Blütensternen. Es sah beeindruckend aus. Wir streckten die müden Füße unter ein zierliches Tischen, auf dem gerade mal Platz für zwei Kaffeetassen war. Der Milchkaffee kostete sieben Euro fünfzig pro Person. Aber es war immerhin große Tassen, und unsere Füße brauchten dringend eine Pause, denn wir wollten uns unbedingt noch das spektakuläre *„maison de l'outil"* ansehen.

Insgesamt zwanzigtausend Werkzeuge, davon achttausend handgefertigte Feilen, Hämmer, Kellen und anderes Gerät aus dem 17. bis 19. Jahrhundert, warteten in zwei weitläufigen, lichtdurchfluteten Stockwerken auf uns. Die großen Ausstellungssäle ließen im oberen Stockwerk das imposante, offene Dachgebälk sehen, und es roch angenehm warm säuerlich nach alter Eiche. Die Werkzeuge waren an Schnüren gespannt und schwebten förmlich in den deckenhohen Vitrinen. Diese außergewöhnliche Ausstellungsarchitektur fasziniert den Betrachter wie kunstvolle Gemälde. Dazu gab es noch die Bibliothek eines Herrn Paul Feller, seines Zeichens Begründer der Handwerksmessen, eine gut sortierte Buchhandlung, und den Dachboden des prächtigen Bürgerhauses aus dem Jahre 1556 zu besichtigen. Im Dachgeschoss schlummerten drei beeindruckende Kirchturmuhren mitsamt Schlagwerk.

Ich fiel erschöpft in den Autositz. Andreas tat geheimnisvoll und wollte unbedingt noch eine Kleinigkeit besorgen, die er beim Bummeln entdeckt hatte.

Er kam zurück und strahlte mich an: »Hat geklappt. Ich habe noch eine bekommen.« In den Händen hielt er eine *brioche royale*, ein zartes Hefegebäck in Form eines dicken Kranzes, kunstvoll in Seidenpapier gezwieselt.

»Es war die letzte und sie ist mit Zuckerguss und Mandeln verziert.«

Wir hatten schon lange nichts gegessen, suchten uns eine Bank mit Park und futterten unsere mitgebrachte Verpflegung bis auf den letzten Krümmel auf. Die fluffige *brioche* zerschmolz auf der Zunge, und die Mandelsplitter und der Zuckerguss brachten unsere müden Geister wieder auf Trapp.

Der Rückweg im bequemen und klimatisierten Auto war nach all der Lauferei eine Wohltat, und wir fielen wieder einmal ohne Abendessen und Waschen ins Bett.

📖

Der nächste Morgen weckte uns mit strahlendem Sonnenschein. Die alte Dame von gegenüber schaute neugierig rüber und ließ mich nicht aus den Augen. Sie war klein und spindeldürr, graue Löckchen umrahmten ihr faltiges Gesicht, Ich hatte unsere kleine Wäsche gewaschen und die nassen Teile auf ein Seil zwischen Haus und Wohnwagen geklammert. Uns ging langsam die Unterwäsche aus, und eine Girlande aus weißen und gemusterten Unterhosen und Hemdchen zierte die Leine.

Kurz entschlossen überquerte ich die Straße und sprach die alte Dame an: »Wir sind Freunde von Miriam und Daniel und machen hier Urlaub.«

Ihre flinken Mäuseäugelein huschten aufmerksam hin und her und musterten mich von oben bis unten. Sie mochte so um die Siebzig sein, vielleicht auch älter.

»Sie sind Deutsche?«

Ich nickte: »Ja, aus der Nähe von Frankfurt am Main, Madame.«

Offenbar hatte sie nichts gegen Deutsche einzuwenden und plapperte munter drauf los. Dass sie Witwe sei und vier Kinder habe, die überall in Frankreich verstreut leben würden. Und dass sie Madame Dior heiße, so wie der berühmte französische Couturier aus den Fünfzigern.

Ich musste mir ein Lächeln verkneifen. Madame Dior trug einen dunkelgrünen Baumwollrock, eine grün-gemusterte Bluse und eine blaugrau gestreifte Kittelschürze darüber. Ihre Füße steckten in rosa karierten Hausschuhen. Monsieur Dior wäre mit der Kreation, die seine Namensschwester trug, sicherlich nicht einverstanden gewesen.

Wir plauderten noch eine Weile über das Wetter, dann verabschiedete ich mich und ging in den Garten, um Andreas Fortschritte im Ackerbau zu begutachten.

Er hatte schon Beachtliches geleistet, führte mich herum und zeigte mir die frei gelegten Rosenbüsche und die hochgebundenen Weinreben. Die Kieswege blitzten strahlend hell, und die Beete waren frei von Unkraut. Gerade hatte er mehrere Beerensträucher mit

Gießkuhlen versehen. Er begutachtete sein Werk äußerst zufrieden, und ich konnte nur noch staunen. Woher hatte mein Mann plötzlich diesen grünen Daumen?

»Ich glaube, ich werde für heute Schluss machen, Lilly-Schatz.«

Als wir am Wohnwagen ankamen, wartete eine Überraschung auf uns. Auf dem Tisch vor dem „Ding" stand ein opulenter Blumenstrauß in dem Wasserkrug, den ich am Vormittag vergessen hatte einzuräumen. Kunstvoll arrangiert, blühte eine Vielfalt von Sommerblumen in einem Rausch von fein abgestimmten Farben. Es sah ungemein teuer aus.

Andreas schaute mich an: »Hast du eine Ahnung, wer uns dieses Kunstwerk hingestellt hat?«

Ich schüttelte den Kopf. Alles was ich wusste war, dass Blumen in Frankreich total überteuert und in der Regel grottenschlecht gebunden sind. Die lokalen Floristen klatschen einfach ein paar Blumenstiele flach auf eine Plastikfolie, schlagen daraus ein Dreieck, kleben das Emblem ihres Blumenladens drauf und verlangen dafür abenteuerliche Preise. Ich erinnerte mich an den kläglichen Versuch, ein paar Blumen für die Einladung bei Hugo zu erstehen, wovon wir aber angesichts der exorbitanten Preise ganz schnell Abstand genommen hatten.

Wir machten uns auf den Weg ins benachbarte Städtchen. Wir wollten Postkarten und Briefmarken kaufen. Unsere Freunde hatten ein Lebenszeichen von uns verdient.

Als wir im *bureau tabac* in einer langen Reihe anstanden, unterhielten sich zwei Damen lauthals über den neuesten Klatsch aus unserem Dorf.

»Diese Schlampe hat tatsächlich eine Affäre mit ihm angefangen, und sie wollen beide nach Südfrankreich abhauen.«

Das klang interessant. Mal hören, worum es ging. Ich spitzte die Ohren, und sogar Andreas schien Interesse zu zeigen.

»Seine Frau ist zu ihren Eltern nach Nancy gezogen, und er hat alles in die Wege geleitet, um das Haus zu verkaufen.«

Na ja, so was sollte ja in den besten Familien vorkommen.

Die andere schien noch mehr zu wissen: »Skandalös, wie die beiden es öffentlich getrieben haben. Jeder im

Dorf wusste Bescheid, nur Sandrine war die Letzte, die davon erfahren hat.«

Hoppla, eine Sandrine kannten wir auch. Sprachen die etwa von unserer Sandrine und unserem Hugo?

»Er hat bereits einen neuen Posten bei *Provence Actuel* unterschrieben, und die Schlampe will mit ihm nach Nizza gehen.«

Die andere setzte noch eins drauf: »Dieses deutsche Flittchen will sich scheiden lassen und ihr Ferienhaus verkaufen. Und stell dir vor, Hugo will sich auch scheiden lassen.«

Oh Gott, oh Gott, uns schwante Schreckliches. Die beiden sprachen ganz offensichtlich von unseren Freunden.

« Mesdames, que désirez-vous? »

Die beiden Klatschbasen waren an der Reihe, und wir flüchteten verstört aus dem Laden. Vergessen waren die Postkarten, vergessen die Briefmarken. In unserem Bekanntenkreis begann sich eine Tragödie abzuspielen.

»Ich rufe sie an, ich muss Klarheit haben«, meine Stimme zitterte, und ich ließ mich total aufgewühlt in die Autopolster sinken.

»Untersteh' dich, das ist einzig und alleine die Angelegenheit von Miriam und Daniel.«

Ich war nicht einer Meinung mit meinem Mann, sagte aber nichts mehr. Den Schock musste ich erst einmal verdauen.

Wir fuhren schweigend in unser Dorf, zu unserem Wohnwagen und schenkten uns zwei große Gläser Cognac ein. Zur Hölle mit der Leber, hier bahnte sich ein tiefer Einschnitt in unserem Privatleben an. Andreas ließ den Kopf hängen. Daniel war sein bester Kumpel und Miriam eine meiner besten Freundinnen. Was sollten wir nur tun?

Corinne kam über die Wiese gelaufen und merkte sofort, dass hier etwas nicht stimmte. Es stellte sich heraus, dass sie bestens informiert war. Das ganze Dorf ratschte bereits darüber und machte auch keinen Hehl daraus, dass die Deutsche, also unsere Miriam, das Ungeheuer war.

Corinne erzählte uns, dass die beiden sich im letzten Jahr Hals über Kopf verliebt hätten und nicht mehr voneinander lassen konnten.

Das erklärte so einiges. Es erklärte Miriams viele Reisen nach Frankreich. Alleine. Es erklärte ihr übertriebenes Verhalten, und es erklärte letztendlich auch, warum sie so durch den Wind war. Wir fragten uns, ob Daniel Bescheid wusste.

Das Handy klingelte. Ich schaute auf das Display und schüttelte den Kopf. Es war Miriam, und ich hätte jetzt auf keinen Fall mit ihr reden wollen. Sie sprach auf den Anrufbeantworter, aber die Worte drangen nicht zu mir durch.

Corinne verabschiedete sich hastig und versprach, am nächsten Tag wiederzukommen. Keine Ahnung, welches Anliegen sie gehabt hatte. Es war uns im Moment auch ziemlich egal.

Wir verzogen uns in den Wohnwagen und hatten keine Lust, vor dem „Ding" wie auf dem Präsentierteller zu sitzen.

Ich versuchte zu lesen. Andreas saß vor einem Kreuzworträtsel und kaute unschlüssig am Stift. Wir konnten uns beide nicht konzentrieren und sprachen kein einziges Wort.

Dieser Tag ging dumpf und traurig für uns zu Ende.

📖

Am nächsten Morgen hatten wir uns wieder einigermaßen im Griff.

»Es ist ihr Leben und das geht uns nichts an«, versuchte mein Schatz mich zu trösten. Aber ich merkte, dass er selbst nicht so recht an seine Worte glaubte.

Das Handy klingelte, und ich ging dran. Es war Miriam. Sie merkte sofort, dass wir Bescheid wussten.

»Ich habe vorige Woche mit Daniel sprechen können, und er ist mit der Scheidung einverstanden.«

Ich staunte Bauklötzer. Miriam klang so schön locker und fröhlich wie schon lange nicht mehr.

»Wenn ihr aus dem Urlaub zurückkommt, bin ich schon in Südfrankreich. Ich freue mich riesig auf das Leben mit Hugo. Stell dir vor, Südfrankreich! Es ist alles wie ein Traum, und ihr müsst uns unbedingt besuchen. Hugo freut sich auch schon riesig auf dich.«

Nein danke, das ging mir alles irgendwie viel zu schnell. Aber es kam noch dicker.

»Klar doch, dass wir das Eulenhaus verkaufen müssen, und Daniel lässt fragen, ob ihr es kaufen wollt?«

Nun war es gänzlich mit meiner Fassung vorbei, und ich beendete grußlos das Gespräch. Das war einfach zu viel für mich. Ich erklärte es Andreas. Der runzelte die Stirn und schien ernsthaft nachzudenken.

»Warum nicht, wenn es nicht zu teuer ist?«

Egal wie billig oder teuer, wir hatten null Bargeld, um uns ein Ferienhaus in Frankreich zu leisten.

Das Telefon klingelte schon wieder.

»Ach, ich hatte vergessen, dir den Verkaufspreis zu nennen. Wir verlangen nicht mehr, als uns das Häuschen damals gekostet hat. Also überlegt es euch, und tschüss.«

Ich hielt verdattert den Hörer in der Hand und schaute Andreas an. Er schien noch immer in Gedanken.

Wir diskutierten hin, und wir diskutierten her. Wir hatten das Geld nicht und hätten für den Hauskauf einen Kredit aufnehmen müssen. Dazu noch einen Batzen mehr, um die notwendigen Renovierungsarbeiten zu finanzieren. Selbst wenn wir einen Großteil der Renovierungen selbst machen würden, wären wir auf Jahre verschuldet.

Wir legten den Gedanken erst einmal ad acta, denn unsere Nachbarin mit dem großen Namen kam über die Straße.

»Ich habe Ihnen gestern einen Willkommensgruß auf den Tisch gestellt. Haben Ihnen meine Gartenblumen gefallen?«

Die alte Dame strahlte uns an.

Wie denn, das tolle Blumenarrangement hatte sie selbst gemacht? Wir bedankten uns überschwänglich und machten ihr Komplimente. Sie war zufrieden und trollte sich.

Das Leben ging weiter.

Wir entschieden uns nach Bayel zu fahren, um die berühmte *cristallerie royale*[1] zu besichtigen. Eigentlich hatten wir den Besuch erst für die nächsten Tage geplant, aber Ablenkung war von Nöten.

Das kleine Städtchen im Department der Aube liegt an der Nahtstelle zwischen Lothringen und Burgund.

Die Königliche Glasmanufaktur wurde im 17. Jahrhundert von dem italienischen Glasmeister Jean-*Baptiste Mazzolay* unter der Schirmherrschaft der Klos-

---

Fußnote[1]: Die Cristallerie-Royale-de-Champagne-de-Bayel wurde 2016 geschlossen. In den Sommermonaten gibt es nur noch das Museum und touristische Veranstaltungen mit Schaublasen in der Glasbläserwerkstatt zu besichtigen.

terbrüder von Clairvaux gegründet, die auch Eigentümer der Anlagen waren. Ludwig der XIV. verlieh den Werkstätten den Adelsbrief.

Die Glasmanufaktur für Bleikristall ist inzwischen weltweit für ihre mundgeblasenen, handgeschliffenen und kunstvoll vergoldeten Kostbarkeiten bekannt. Der hauseigene Führer brachte uns in eine riesige Halle, in der einmal sechs und noch einmal zwölf Tontöpfe aus Lehm nebeneinander standen. Mehrere Glasbläser hielten an langen Stangen gläserne Klumpen in die Glut. Es war unerträglich heiß und sehr laut. Die schwitzenden Männer eilten zwischen den Öfen und ihren Kollegen hastig zu ihren Arbeitsplätzen, wo durch schnelles Drehen mit Stangen und Einsetzen von Zangen sowie eigens zugeschnittenen Pappkartons, aus glühenden Klumpen kleine Kostbarkeiten, wie eine leuchtend violette Vase oder eine schimmernd grüne Schale mit einem durchsichtigen Fuß entstanden.

Wir erfuhren, dass ein Trinkglas durch siebenunddreißig Hände geht, bevor es endgültig fertig ist.

Als wir in dem hellen, weitläufigen Verkaufsraum standen, wo ein großes Fenster noch einmal den Blick auf die wuselnden Männer zwischen den Öfen erlaubte, staunten wir erst einmal über die Pracht der Exponate. In den ausgeleuchteten Vitrinen standen kunstvolle Schalen mit ziselierten Rändern, opulente Vasen mit dicken Glasböden, feingliedrige Champagnerkelche und bunt schimmernde Objekte für pompöse Tischdekorationen. Ein gläserner Flügel stand neben einem glasklaren Kakadu, dessen Haube in verschiedenen Farben schillerte. Vergoldete Karaffen boten ihre Dienste für Cognac und Konsorten an. Es gab anspruchsvolle Trinkgläser in allen Formen und Farben, mehr oder weniger üppig dekoriert, sowie mehrarmige Kandelaber, die mal schlank, mal ausladend, dekorativ in langen Reihen standen. Funkelndes Glas, wohin das Auge schaute.

Ich schielte vorsichtig auf die Preise, und mir blieb die Luft weg. Wassergläser, ab achtunddreißig Euro das Stück, waren noch das billigste Objekt.

»Komm, lass uns verschwinden.« Ich hatte plötzlich keine Lust mehr. Das war mir doch zu viel des Guten. Einfach dekadent diese Preise.

Als wir im Auto saßen, fiel uns auf dem Rückweg ein Schild ins Auge, das eine Glasmanufaktur anpries. Wir fuhren kurzentschlossen hin.

In dem überladenen Geschäft, das vorwiegend buntes Glas mit üppigen Goldapplikationen und schnörkeligen Gravuren anbot, saß ein enorm übergewichtiger Mann breitbeinig im Showroom. An seinen Fingern trug er mehrere goldene Ringe. An den Armgelenken blitzten schwere Goldarmbänder und eine protzige, goldene Uhr. Natürlich waren die dicken Ketten um seinen Hals ebenfalls aus Gold. Ich schaute ihn mir etwas genauer an: schwarzes, fettiges Haar klebte eng gescheitelt an seinem Kopf, und in dem gebräunten Gesicht dominierte ein elegantes Menjou-Bärtchen. Seine dunklen Schweinsäuglein huschten über die Regale, und mit sonorer Stimme scheuchte er eine junge Frau in farbenfroher Kleidung durch den Laden. Er orderte in einer mir fremden Sprache mehrere Glasartikel.

Ein Sinto oder Rom, vielleicht?

Wir drückten uns weiter um die Vitrinen herum und entdeckten zwei leere Champagnerflaschen, in denen sehr anschaulich heimische Früchte graviert waren.

»Du, das wäre doch was für unsere Birnen- und Mirabellenschnäpse, was meinst du?«

Als wir zur Kasse gingen, sahen wir nebenan zwei Männer in einem abgetrennten Raum an Arbeitstischen sitzen. Sie hatten ihre Köpfe über alte Champagnerflaschen gesenkt, in die sie Kirschen und Weintrauben gravierten. Ich verwickelte die Männer in ein Gespräch, und sie zeigten uns die dickglasigen, dunkelgrünen Flaschen mit den Obstmotiven aus der Nähe. Bei dieser Gelegenheit sprach ich sie auf den ungewöhnlichen Mann im Showroom an.

»Oh, das ist ein ganz wichtiger Kunde von uns. Das ist ein Zigeunerbaron, der regelmäßig Hochzeitsgeschenke für seinen Clan bei uns einkauft.«

Offensichtlich ist der Ausdruck Zigeunerbaron in Frankreich politisch korrekt.

Ich riskierte noch schnell einen Blick zur Kasse, wo der Besagte gerade ein dickes Bündel Euroscheine aus der Hosentasche zog und bar bezahlte. Als er die Scheine auf der Theke zählte, bekam ich eine Ahnung von der Summe, die er hinblätterte. Dann ließ er die Kartons in den Mercedes tragen und verschwand mit seiner Begleitung.

»Er hat fast dreitausend Euro hingeblättert«, ich hakte mich bei Andreas ein, »komm, lass uns unsere schlappen sechzehn Euro bezahlen, und dann verschwinden wir.«

Ich hatte genug für heute und wollte nur noch heim.

In unserem „Ding" füllte Andreas zwei Flaschen Obstler aus den Beständen des Verblichenen in unsere neuen Errungenschaften. Die rustikal gravierten Champagnerflaschen passten in ihrer Bescheidenheit fabelhaft zu uns und dem alten Wohnwagen.

Ich machte mich an die Vorbereitungen für das Abendessen. Erst jetzt fiel mir auf, dass wir das Mittagessen komplett vergessen hatten - und wir hatten es noch nicht einmal gemerkt.

📖

Die Tage plätscherten vor sich hin und Madame Dior verwöhnte uns mit frisch gebackenen Pfannkuchen, frühem Gemüse aus ihrem Garten, und ab und an mit einem ihrer fulminanten Blumensträuße. Es war uns schon fast peinlich, wie uns die alte Dame verwöhnte. Sie hatte offensichtlich Vertrauen zu uns gefasst und zeigte uns Haus und Garten.

Durch ein vom Alter patiniertes Scheunentor führte sie uns in ihren großen Gemüsegarten, wo Radieschen, Salat und Frühgemüse akkurat in Reih und Glied standen. Ein geschossenes Spargelbeet säumte den sonnigsten Zaun am Ende des Nutzgartens. Kräuter und Blumen wetteiferten in allen möglichen Farben und Schattierungen.

Sie knickte da einen Zweig, brach dort eine Blüte, ordnete alles wie zufällig in ihren Händen und hatte in kürzester Zeit einen zauberhaften Strauß zusammengestellt, der jeder französischen Floristin die Schamröte ins Gesicht getrieben hätte. Sie hatte ein Talent, das den Namen Dior durchaus verdiente.

In ihrem Obstgarten gediehen Äpfel, Birnen, Pflaumen und Kirschen. Zwei große Walnussbäume, zwei Haselnusssträucher und mehrere Beerensträucher versprachen im Herbst viel Arbeit. Sie drückte uns eine Tomatenpflanze in die Hand, die bereits mehrere kleine, orangefarbene Cocktailtomaten trug. Ich pflanze sie in einen großen Eimer, in den Andreas ein paar Abflusslöcher gebohrt hatte und stellte sie vor den Wohnwagen. Ab sofort hatten wir jeden Tag winzige, süße Tomaten zum Naschen.

Wir plauschten täglich ein wenig mehr mit der Nachbarschaft. Durch sie erfuhren wir viel über Land und Leute und natürlich auch über das Dorfleben im

Allgemeinen. Langsam machte sich wieder Normalität in unserem Leben breit.

Wir redeten über die Veränderungen im Leben unserer Freunde, und wie wir mit ihren Entscheidungen umgehen sollten. Und natürlich machten wir uns Gedanken darüber, wo wir in Zukunft unseren Wohnwagen unterstellen sollten. Wir überlegten auch das Risiko einer jahrelangen Verschuldung, falls wir das Häuschen doch kaufen sollten. Wir kamen schließlich zu dem Schluss, dass wir das Haus zwar liebend gerne kaufen würden, uns aber doch nicht über Jahre finanziell binden wollten.

Danach war uns nicht leichter ums Herz, aber wir hatten zumindest eine Entscheidung getroffen.

Corinne spürte den Zwiespalt und unsere Sorgen. Sie schlug uns vor, ins Paradies zu gehen. Endlich war wieder ein Schmunzeln in unseren Gesichtern zu sehen. Wie denn, ins Paradies gehen, ohne zu sterben? Wie soll denn das gehen?

Unser Paradies fanden wir schließlich in Sommevoire, einem kleinen, grauen Arbeiterdorf, dessen Einwohner von und mit der ortsansässigen Eisengießerei lebt.

Das moderne Gusseisen war im achtzehnten Jahrhundert die industrielle Revolutionierung des klassischen Eisengießens, und viele Künstler konnten durch diese neue, kostengünstige Herstellung plötzlich gut von ihren Werken leben.

Die *fonderie Antoine Durenne* arbeitete mit namhaften Künstlern wie Carrier-Belleuse, Frémiet, Rouillard und Delabrièrre zusammen. Ihre Werke stehen noch heute in Quebec, in Washington, in Edinburgh und vielen anderen Städten weltweit.

Das Gusseisen wurde über die Jahre eine weit verbreitete Mode. Die Gießerei lieferte Kandelaber für den Pont Alexandre III und den Innenhof des Musée d'Orsay in Paris. Sie war mit dem Eiffelturm in der Weltausstellung von Paris vertreten und bekam mit der Zeit auch lukrative Privataufträge.

Die Bourgeoisie bestellte Büsten, Kamine und Zäune für ihre Herrenhäuser, und die Stadtverwaltungen orderten Hirsche, Löwen und Hunde für ihre Parks. In den Schlössern von Frankreich wurde mit der neuen Technik restauriert, renoviert und dekoriert. Die Kirchen erwarben Putten, Engel- und Heiligenstatuen, und so entstand auch der Name für das Lager der Gießerei, in dem sich die Gipsmodelle stapelten. Das Paradies auf Erden war geboren.

Natürlich wollte keiner der bekannten Künstler, dass ihre Werke kopiert wurden. So zerschlugen sie die Gipsmodelle nach dem Guss und überließen die Bruchstücke den Gießereien. Ein Arbeiter der *fonderie Durenne* rettete die alten Modelle und Trümmerreste aus der Gießerei, als das Lager aufgelöst wurde. Er hortete sie in seiner Scheune und vermachte sie dem Dorf nach seinem Tod.

Inzwischen hat sich ein Verein gegründet, der seit einigen Jahren die Teile ehrenamtlich säubert, klassifiziert und in einer sehenswerten Ausstellung präsentiert. Die Dorfgemeinde hatte dem Verein einen alten Gevierthof für die Ausstellung zur Verfügung gestellt, und der heruntergekommene Hof wird mit den Besuchereinnahmen nach und nach saniert.

Wir waren beeindruckt und stolperten durch die schwach beleuchteten Reihen mit angeschlagenen Gipsmodellen, Modeln und Fotografien monumentaler Kunstwerke aus der ganzen Welt. Monsieur Bruno erläuterte uns, dass nach dem wirtschaftlichen Niedergang der Betrieb alles versucht hatte, um sich einigermaßen über Wasser zu halten. Er zeigte uns kleine Keksmodelle aus einer Backfabrik, deren Herstellung die schlechten Zeiten überbrücken sollte.

Nach dem Zweiten Weltkrieg musste die Produktion komplett umgestellt werden, und man stieg in die Fertigung von großen Industrieteilen, wie Schiffsschrauben und Turbinen ein.

Nach der Führung schickte er uns in einen naheliegenden Gebirgszug, wo tiefe Schürflöcher noch immer Zeitzeugen der beschwerlichen Erzgewinnung mit Hacke und Hucke sind, und über karge Zeiten aus den letzten Jahrhunderten erzählen.

Nach diesem anstrengenden Tag hatten wir völlig vergessen, dass wir Donald und Paula zum Abendessen eingeladen hatten.

Ganz schlechtes Timing.

Andreas wollte bestimmt nicht angeben, aber wir hatten keine andere Möglichkeit, als den Grill anzuwerfen. Erstens aus Zeitgründen, und zweitens lässt sich auf dem zweiflammigen Gasherd im Wohnwagen schlecht etwas Vernünftiges kochen. Also zauberte er seine berühmten Kalbskoteletts, die er mit Kräuteröl bepinselt, außen schön kross und innen leicht rosa gebraten, pünktlich auf den Tisch brachte. Ich brillierte mit einer selbstgekauften Pastete als Vorspeise. Dazu servierte ich unsere göttlichen Cocktailtomaten aus dem Eimerchen, in eine Lage zarter Gemüsezwiebeln gebettet, und mit einem sündhaft teuren Olivenöl beträufelt. Wir hatten das Öl zu einem horrenden Preis auf dem Markt gekauft, aber die Ausgabe hatte sich gelohnt. Selbstverständlich fehlten auch die frischen Gartenkräuter nicht. Als Nachtisch gab es Erdbeeren mit Sahne. Und wie Andreas schon immer sagte: mit guten Zutaten ist Kochen keine Kunst. Der französische Wein tat sein Übriges und natürlich auch die *Picon*-Bierchen zum Aperitif.

Die beiden hatten den Hund ihrer Tochter in Pflege und ihn kurzerhand mitgebracht. So lernten wir *Lettuce* kennen. Dieser Hund ist nur ein Händchen voll Hund und von Geburt Yorkshire Terrier, ein Abklatsch von Herrn Moshammers Daisy. Als ich die Hundedame auf den Arm nahm, legte sie ihr Köpfchen auf meine Schulter und schlief sofort ein. Wenig später setzte ich *Lettuce* auf meinen Schoß. Sie drehte und wendete sich, bis sie rücklings zwischen meinen Hosenbeinen lag. Dann klemmte sie ihr Köpfchen zwischen meine Knie, streckte alle vier Pfötchen in die Luft und schlief wieder ein. Donald erklärte uns, dass *Lettuce* sofort einschlafen würde, sobald sie hochgenommen wird. Sie ist so winzig, dass sie nach nur wenigen Schritten im wahrsten Sinne des Wortes hundemüde ist.

Irgendwann fragte ich die beiden, warum sie dieses süße Dingelchen Salat getauft hätten.

Donald schaute mich mit großen Augen an, dann lachte er lauthals los: »Du glaubst, dass unser Hund Kopfsalat heißt? Du bist, wie heißt das so schön bei euch in Deutschland, du bist auf dem falschen Dampfer. Der Hund heißt nicht Kopfsalat, der Hund heißt *Lettice* wie *Laetitia,* die römische Personifizierung der Freude, der Fröhlichkeit.«

Also, wie soll man das wissen? *Lettuce, Lettice*, beides klingt für deutschen Ohren fast gleich. Aber ich schämte mich auch ein wenig und bat Lettice im Geist um Vergebung.

Ganz sicher ist der Name *Laetitia* für so eine Handvoll Hund bombastisch, aber Kopfsalat war einzig und alleine auf meinem Mist gewachsen und in jedem Fall um einiges schlimmer als die römisch-lateinische

Übersetzung von Freude oder Fröhlichkeit für dieses Händchen voll Hund.

📖

Der nächste Morgen lockte mit strahlendem Sonnenschein und einem Ausflug an den See. Der See ist, wie schon erwähnt, ein Stausee, der auf drei Seiten moderat eingedeicht wurde und am nördlichen Teil durch natürliche Klippen die Wassermassen hält. Über Hebewerke werden an zwei Kanälen Zulauf und Ablauf geregelt, um die Hochwasser der Marne und der Seine zu regulieren. Angeblich kann man den See auf einem siebzig Kilometer langen Fahrradweg gänzlich umrunden, mit dem Auto hatte das aber so seine Tücken.

Wir fuhren erst einmal links herum und entdeckten ein Dorf mit einer Töpferei. Madame schien die Seele des Betriebes zu sein. Sie schmiss den Verkauf und lebte ihre Kreativität in ausgefallenen Dekorationen aus. Natürlich wird auch der touristische Durchschnittsgeschmack bedient, aber ihre Liebe gilt den erdigen, afrikanischen Motiven, die sie freizügig über große Schalen und Vasen verteilt. Ihr Mann, Künstler und

Handwerker in einem, saß versteckt in den weitläufigen Räumlichkeiten. Stunde um Stunde, einsam an der Drehscheibe, ließ er sich nie in den Verkaufsräumen blicken.

Ich entdeckte ihn per Zufall, weil mich meine Blase wieder einmal zur Toilette trieb. Als mich die Eigentümerin in das blitzsaubere WC geführt hatte, verlief ich mich nach getaner Arbeit prompt in den riesigen Hallen. Ich stolperte über halb gefüllte Papiersäcke und Farbeimer, an großen, hoch beladenen Trockengestellen vorbei, von einer Halle zur anderen. Jede Räumlichkeit sah gleich aus. Ich fand nicht mehr zurück.

Zwei freundliche, aber sehr energische Schäferhunde brachten mich zu dem Ehemann mit eisgrauem Pferdeschwanz. Dieser bekam kaum die Lippen auseinander und zischte den beiden Schäferhunden leise einen kurzen Befehl zu.

Die Hunde begleiteten mich höflich, aber entschlossen bis zu ihrem Frauchen in den Verkaufsraum. Die Besitzerin lachte laut auf, als sie erfuhr, wie mich ihr Mann behandelt hatte. Er sei für seine Wortkargheit bekannt.

Wir entdeckten rund um den See mehrere kleine Campingplätze, die nahe dem Ufer oder im Eichenwald versteckt lagen. Wie auch sechs gepflegte, gut ausgebaute Strandbäder.

Die Straße verließ im Nordwesten den See und die Gegend wurde langsam trostlos. Wir fuhren durchs flache Land, an endlosen Kiesgruben vorbei. Ganz im Norden kamen wir wieder an einem Stückchen See vorbei, an dem ein kleines Dorf vor sich hinschlummerte. Auf einem weitläufigen Gelände hatte man die nummerierten Balken von erhaltenswerten Gebäuden der gefluteten Dörfer wieder aufgebaut. Das Museumsdorf bietet mit einem bescheidenen Heimatmuseum und einer ausführlichen Dokumentation über die Entstehung des Sees einen lehrreichen Rückblick in die sprichwörtlich versunkene Vergangenheit.

Nordöstlich fährt man erst durch niedrige Wälder, dann auf einer gut ausgebauten Straße wieder am Seedamm entlang. Nach einer Straßenbrücke sahen wir links und rechts kleine, flache Wasserflächen, die morastig und sumpfig, ideale Brutgebiete für Wasservögel boten. Endlich kam der See, weit und silbrig schimmernd, wieder in Sicht.

Schließlich fuhren wir an einem grandiosen Fünfsterne-Campingplatz vorbei, der gut belegt war. Andreas warf einen schnellen Blick zu mir rüber. Ich nickte. Es konnte nicht schaden, wenn wir nach einem zukünftigen Stellplatz für unser „Ding" Ausschau hielten.

Wir schlenderten durch das großzügige Gelände. Außer den obligatorischen Wohnmobilen, Wohnwagen und Zelten, boomte das Geschäft mit Chalets, kleinen, adretten Holzhäuschen mit winzigen Veranden. Hässliche Mobile-Homes vervollständigten das Angebot. Bäume und Büsche boten viel Schatten. Gepflegte Blumenrabatten und üppige Rosenbüsche säumten die Stellplätze für Zelte, Wohnwagen und Co. Überall standen oder hingen Schilder in mehreren Sprachen, die belehrten, dass dieses oder jenes verboten oder zu beachten sei. Der Knaller aber war das Schild am Clubhaus: „Betreten für Hunde und Kinder, sowie Mobilfunk verboten". Nanu? So etwas hatten wir im tierlieben und kinderreichen Frankreich nicht erwartet.

Das Campingareal hat einen eigenen Strand, Restaurants und sanitäre Anlagen vom Feinsten. Entsprechend waren auch die Preise. Pro Tag kostete ein

Stellplatz fünfundsechzig Euro[2], Strom- und Wasser extra. Das Auto musste vor dem Campingplatz unbewacht draußen bleiben. Für drinnen gab es nur wenige Stellplätze, die nochmals mit fünfzehn Euro zu Buche schlugen. Alle Preise pro Tag natürlich. Wir schlichen mit hängenden Köpfen an der Kasse vorbei, hinaus in die köstliche und unentgeltliche Freiheit.

Am südlichen Teil des Sees gab es noch einen großen Yachthafen, ein großzügiges Strandbad und ein schickes Ausflugsboot. Außerdem gepflegte Uferanlagen mit aufwändigen Promenaden. Elegante und prollige Boutiquen, wie auch teure Restaurants und Fastfood-Buden boten für jeden Geschmack etwas. Ein Fremdenverkehrsbüro verteilte Prospekte in französischer, englischer und holländischer Sprache. Nur die deutsche Sprache schien hier weitgehend unbekannt.

Ein fettes Plakat kündigte den Bau eines Spielcasinos[3] mit Bars, Restaurant und Hotel an. Angebote, die das

Fußnote[2]: Achtung, alle Preise haben sich inzwischen verändert

Fußnote[3]: Inzwischen ist das Areal mit Spielcasino, Bars, Restaurant und Hotel fertiggestellt

Herz eines Durchschnittstouristen vielleicht höher-
schlagen lassen, unserem Geschmack aber nicht
entsprachen. Außerdem hatten wir genug für heute und
wollten uns diesen illustren Teil des Sees für ein
nächstes Mal aufsparen.

Aber wird es ein nächstes Mal geben? Diese Frage
blieb vorerst unbeantwortet.

Ich hatte mir vorgenommen, unseren Wohnwagen
dieses Mal vor der Abreise gründlich zu putzen. Wer
weiß, wann und wo wir demnächst mit dem „Ding"
landen würden, wenn Miriam und Daniel erst einmal
neue Besitzer für das Eulenhaus gefunden hatten?

Ich holte Putzeimer und Putzmittel aus dem
Besenschrank und fing mit den untersten Küchen-
schränken an. Zuerst musste alles ausgeräumt werden:
unbenutzte Schüsseln, Töpfe, Pfannen und Eimer. In
einer Ecke, verborgen durch verstaubte Schnapsgläser
und kleine Kartons voller Bierdeckel, entdeckte ich eine
Blechschachtel mit dem Aufdruck *„Leipniz Hanno-
verische Cakes-Fabrik Bahlsen"*. Mir fielen siedeheiß

die Mäuseknöddel vom Vorjahr ein, und ich kippte den Inhalt schnell in den Abfall.

Ein schmales Büchlein fiel aus der Blechschachtel. Es war in rotem Leinen gebunden und hatte den Aufdruck einer Sparkasse in Frankfurt am Main. Ich blätterte neugierig darin und schnappte nach Luft: sechzigtausend Euro waren auf meinen Namen ausgestellt.

In der ersten Seite lag ein kleiner, handgeschriebener Zettel mit Datum und Unterschrift:

„Liebe Lilly, wenn ich Dir damit eine Freude machen kann, dann denke in Liebe an den alten Cousin Deiner Mutter."

Andreas konnte mich gerade noch auffangen, als mir die Beine wegknickten. Hechelnd versuchte ich mir etwas Luft zu verschaffen. Eine dicke Träne rann mir über die Wange. Ich blickte zu Andreas mit fragenden Augen.

Er nickte mir zu.

Dann angelte ich nach dem Handy: »Es ist gebongt, Miriam, wir kaufen das Eulenhaus.«

Es dauerte noch einige Monate bis Miriam und Daniel ihre Angelegenheiten geregelt und das Eulenhaus ausgeräumt hatten.

Am 28. Mai des Folgejahrs mussten wir nach der Unterzeichnung bei einem französischen Notar sofort wieder nach Deutschland zurückfahren. Wir versprachen unserem Häuschen hoch und heilig, dass wir in den kommenden Sommerferien für mindestens sechs Wochen, und dann als stolze Besitzer eines Ferienhauses, in die Champagne zurückkehren würden.

📖

3

Andreas hob mich über die Schwelle und setzte mich mit einem leichten Ächzen auf den Boden.

»Das musste sein, schließlich ist das unser erstes, gemeinsames Haus«, sprach's und griff sich mit einem schiefen Grinsen an den Rücken.

Man hob nicht ungestraft seine strampelnde, eher vollschlanke Ehefrau über Türschwellen, nur um den jugendlichen Romantiker zu spielen. Wir waren beide nicht mehr knusprig, und ich definitiv zu schwer für meinen Ehemann.

Hand in Hand gingen wir durch die Räume und öffneten alle Fenster und Fensterläden. Neugierig schauten wir uns um. Wir waren seit der Vertragsunterzeichnung nicht mehr im Eulenhaus gewesen

Misstrauisch beäugte ich die morsche Holztreppe, die in den Keller führte. Vorsichtig fragte ich: »Warst du schon mal im Keller?« Andreas schüttelte den Kopf. Ich forderte ihn auf: »Geh' du zuerst, ich grusele mich«.

Andreas ging vor, und ich kletterte hinterher. Die Beleuchtung war nicht üppig.

Der Keller verläuft hälftig unter dem Haus und hat ein leichtes Gewölbe. Mitten im Keller ist ein ebenerdiges, großes Loch, randvoll mit Wasser gefüllt. Darüber ein fauliges Brett, das keinen guten Eindruck machte. Das musste der Brunnen sein, den Miriam erwähnt hatte. Angeblich fließen einhundertsiebzig Kubikmeter Wasser ständig nach. Na wunderbar, aber wohin? Andreas entdeckte die Abflussrinne, die vom Brunnen unter die Hauswand ins Freie führte. Sie war mit den gleichen roten Kacheln abgedeckt, wie der Keller ausgefliest war. Primitiv, aber effektiv. Außer Spinnweben gab es nichts mehr in diesem Keller zu bewundern, und wir machten uns wieder nach oben. Ich wusste schon jetzt, dass ich dieses Gemäuer nur im äußersten Notfall betreten würde.

Das vordere Zimmer war leergeräumt, aber im Wohnzimmer stand noch ein ovaler Ausziehtisch mit zwei unterschiedlichen, dafür wackeligen Stühlen. Auch die Küche hatten uns Miriam und Daniel komplett eingerichtet überlassen, inklusive Herd und Kühlschrank. Ebenso Geschirr, Besteck, Töpfe und Pfannen.

Das obere Stockwerk war komplett leergeräumt, so wie im Kaufvertrag abgesprochen.

Lediglich in der Scheune sollten sich noch Gartengeräte und Gartenmöbel befinden.

Wir wollten unser Häuschen ganz nach unserem Geschmack im französischen Landhausstil einrichten. Mir schwebten da schon ein paar Anregungen aus den einschlägigen Hochglanzillustrierten vor.

Vorab waren aber noch ein paar Handgriffe zu erledigen.

Unser Freund Horst wollte in einer Woche kommen und uns helfen. Horst hat ein paar wundervolle Eigenschaften: Er ist Elektriker und Installateur von Beruf, und er ist hilfsbereit. Das eine wie das andere war für unser neues Bad ideal, auch für unseren Geldbeutel. Da er außerdem noch Junggeselle ist, erleichterte das in vielerlei Hinsicht seine Verfügbarkeit.

Ich war jetzt schon voller Tatkraft und Eifer: »Morgen kaufen wir Tapeten und machen uns ans Schlafzimmer.«

Horst sollte im komfortablen Wohnwagen schlafen, wenn er schon schuften musste. Aber auch wir brauchten eine Bleibe für die Nacht.

»Und wir kaufen ein Bett.«

Damit schlossen wir das Häuschen erst einmal ab und gingen in den Dorfkrug.

Es hatte sich wie ein Lauffeuer herumgesprochen, dass wir das Eulenhaus gekauft hatten, und die Wirtin begrüßte uns wie alte Bekannte. Sie spendierte uns ein *Picon-Bière* zum Aperitif und schwallte uns die Ohren voll: Dass sie sich über die neuen Bewohner freuen würde und mit ihr das ganze Dorf. Damit käme doch endlich Schwung in die dringend notwendigen Renovierungsarbeiten, denn das Haus wäre in dem jetzigen Zustand ein richtiger Schandfleck für das Dorf.

Wir nickten ergeben; sie hatte ja Recht.

Dann erzählte sie uns, dass alle sehr gespannt seien, was wir mit dem ungenutzten, verlassenen Gebäude machen und wie viele Leute wir einstellen würden.

Wir schauten die Wirtin verständnislos an. Die war wohl völlig von der Rolle.

Nach und nach erfuhren wir, dass im Dorf das Gerücht brodelte, dass wir auch das leerstehende, marode Gebäude der Käserei gekauft hätten, um im Dorf wieder Arbeitsplätze zu schaffen.

Wir waren fassungslos. Die hatten keine Ahnung über unsere finanziellen Verhältnisse und glaubten wohl an die schönen, reichen Deutschen aus Film und Fernsehen.

Wir klärten die Wirtin auf.

Sie zog merklich kühler mit unserer Bestellung ab. Vermutlich bedauerte sie bereits ihre voreilige Geste mit dem kostenlosen Aperitif.

Ich war noch immer reichlich geschockt und konnte mir nicht erklären, wie sich so ein Gerücht im Dorf verbreiten konnte.

»Komm, lass uns anstoßen und unseren ersten Abend so richtig genießen. Schließlich können wir nichts für diese Gerüchte. Da müssen sich eben diejenigen die Köpfe zerbrechen, die so einen Unsinn in die Welt setzen.«

Mein Mann konnte so vernünftig trösten, und ich machte mich alsbald mit wiedergewonnener guter Laune und großer Begeisterung über die Vorspeise her. Die Wirtin hatte uns Karpfen-Carpaccio empfohlen: Der Fisch sei vom Koch, also ihrem Mann, höchstpersönlich aus dem See geholt worden. Die Vorspeise war köstlich, und wir freuten uns auf den gleichfalls vom Küchenchef geangelten Hecht in Petersiliensauce.

So unsympathisch die Wirtin war, so nett war ihr Mann. Er kam nach dem Dessert aus der Küche und setzte sich zu uns an den Tisch. Nachdem wir ihn über das kursierende Missverständnis aufgeklärt hatten, spendierte er uns einen Cognac. Danach spendierten wir ihm einen, dann er wieder uns. Und so ging es weiter. Alsbald lachten wir mit ihm zusammen über die abstruse Gerüchteküche aus dem Dorf.

Ich brauche wohl nicht extra erwähnen, wie ausgezogen und sauber oder auch nicht, wir wieder einmal am ersten Abend unseres Urlaubs in die Betten fielen.

📖

Ich hatte Corinne von Deutschland aus angerufen und unsere Ankunft avisiert.

Madame Dior und Corinne hatten Blumen und Eier vor den Wohnwagen gestellt, als wir am Vortag eintrudelten. Nach einem ausgiebigen Frühstück, mit frischen Eiern und Blümchen auf dem Tisch, fuhren wir in die Kreisstadt, um Tapeten für unser Schlafzimmer zu kaufen.

Es gibt dort drei Industriegebiete mit Supermärkten, Klamottenläden, Schuhgeschäften, Blumenboutiquen und Baumärkten. Und Möbelmärkten, deren Zielgruppe von hipp bis rustikal wechselt. Die Größe und Vielfältigkeit konnten einen fast erschlagen, wenn man von einem 465-Seelen-Dorf kommt und nur Kühe, Schafe und Katzen als Nachbarn hat.

Im ersten Industriegebiet konzentrierte sich das Angebot hauptsächlich auf Supermärkte für Lebensmittel, Kleidung und Schuhläden. Das zweite entsprach schon eher unseren Bedürfnissen, und wir schwelgten in hochwertigen Vinyl- und Seidentapeten. Aber alles viel zu teuer und absolut unpassend für das bescheidene Eulenhaus und unseren Geldbeutel.

»Komm, aller guten Dinge sind drei. Lass uns zum dritten Industriegebiet fahren.«

Das Gelände war überschaubarer und hatte auch einfachere Läden zu bieten. In einem Geschäft entdeckten wir einen Sonderposten atmungsaktiver Tapeten, die winzige, blassblaue Blümchen als Muster hatten. Dasselbe gab es nochmal in Altrosa.

»Du, das wär's doch. Im Erdgeschoss alles in Blassblau und im ersten Stock alles in Altrosa.«

Andreas nickte schon, bevor ich zu Ende gesprochen hatte. Sein Blick war fest auf die Preisschilder geheftet.

»Das ist richtig gut. Bei dem Preis können wir sogar noch ein paar Rollen mehr für Ausbesserungsarbeiten kaufen.«

Mein Mann rechnete Quadratmeter auf Rollen um und rief nach dem erstbesten Verkäufer. Als der die Rollen aus den Fächern zog, blieben noch fünf Stück vom Sonderposten übrig. Der freundliche Verkäufer machte uns den Vorschlag, den Rest zum Preis von zwei Rollen aufzukaufen. Keine Frage, dass wir das Angebot freudig annahmen. Andreas fragte noch nach Bürsten, Cutter und Leim, und wir schleppten schwerbeladen unsere Schätze ins Auto.

Obwohl ich sah, dass es Andreas bereits in den Fingern juckte, um mit dem Tapezieren anzufangen, wollte ich gleich Nägel mit Köpfen machen.

»Du Schatz, das ging jetzt alles so schön fix, da könnten wir gleich noch nach Betten schauen.«

Andreas schob Kohldampf und wollte heim.

Ich versuchte ihn zu überzeugen: »Nun sind wir schon mal in der Kreisstadt und müssten nicht, wenn wir jetzt etwas fänden, nochmal siebzig Kilometer extra für die Betten fahren.«

Das waren Argumente, denen auch Andreas nicht widerstehen konnte. Also gingen wir in den nächstliegenden Möbelmarkt. Die Bettenvielfalt war überwältigend. Die Preise auch. Der sehr jung aussehende Möbelverkäufer musste unseren verzweifelten Blick gesehen haben, als wir auf die Preisschilder schauten.

»Haben Sie sich schon mal bei *Badaboum* umgesehen?«, lächelte er mich an.

Ich zog den Nacken hoch und hatte bei dem charmanten Lächeln des jungen Mannes automatisch wieder die Vision des französischen Schürzenjägers vor Augen. Aber er war einfach nur jung und wusste bestens über knappe Geldmittel Bescheid. Er schickte uns wieder in das zweite Industriegebiet zurück.

»Sie können es gar nicht übersehen. Das Reklameschild ist bunt und sehr einprägsam.«

Wir bedankten uns artig und zogen ab.

Der bunt beleuchtete Schriftzug sprang uns jetzt förmlich ins Auge. Der Verkäufer erklärte uns, dass die

Möbelkette Havarieware aufkaufen würde, und die Ware manchmal kleine Fehler habe, die man aber kaum bemerken würde. An den Preisen aber schon.

Also genau der richtige Laden für unser Ferienhaus.

Erwartungsvoll gingen wir hinein. Wir wurden wie von einem Magneten zu einem grauen Messingbett gezogen, das mit großen und kleinen, mattgoldenen Kugeln verziert war. Das Bett mit elektrisch verstellbarem Kopf- und Fußteil, auf dem bereits zwei harte Matratzen ganz nach unserem Geschmack lagen, entsprach genau unseren Wünschen. Da stand unser Traumbett.

Wir schlichen um das Bett herum.

»Bestimmt ist es viel zu teuer. Schau mal, da sind sogar Matratzenschoner drauf.«

Eine Verkäuferin kam näher. »Gefällt es Ihnen? Sie können Probeliegen, das kostet nichts.« Sie strahlte uns an.

Wir wollten nicht Probeliegen, wir hatten schon. Wir wollten den Preis wissen.

»Es ist ein Ausstellungsstück. Wenn Sie das Bett mit Motor und Matratzen nehmen, könnte ich Ihnen preislich entgegenkommen.«

Ich platzte fast vor Ungeduld: »Wie viel kostet das Bett?«

Ich wollte Zahlen hören und kein Geschwafel. Sie nannte uns den Preis. Wir waren echt überrascht. Das Bett lag mit allen Extras weit unter dem von uns angesetzten Betrag.

Andreas war wieder einmal sehr direkt: »Warum ist es so billig? Wo ist der Haken?«

Die Verkäuferin druckste herum. Dann erklärte sie uns den Sonderpreis. Das Bett sei ein Ausstellungsstück und habe ein paar Macken. Sie zeigte uns zwei kleine Dellen an der linken Seite im grauen Messing. Und es sei auf der Messe gewesen, und potentielle Käufer hätten draufgelegen.

Andreas schaute mich an. Ich schaute Andreas an. Potentielle Käufer sind doch auch nur Menschen, und potentielle Käufer sind doch keine Ferkel. Die waschen sich doch, oder?

Schlussendlich handelten wir noch einen vernünftigen Preis fürs Anliefern aus, setzten das Datum zwei Tage vor Eintreffen unseres Freundes fest und gingen als stolze Besitzer eines leicht gebrauchten Traumbettes aus dem Laden.

Nebenan kauften wir noch zwei Kopfkissen, zwei Sommerdecken mit anknüpfbaren Wintersteppdecken und zweimal zum Beziehen, inklusive Spannbetttücher. Damit lagen wir im Gesamtpreis in etwa bei dem von uns angesetzten Betrag und fuhren zufrieden nachhause.

Uns taten die Füße weh, und wir hatten Hunger, aber unser Tatendrang war kaum zu bremsen. Wir hatten das gesamte Material eingekauft und wollten endlich loslegen.

Essen fiel aus.

Ich hatte vor ungefähr zehn Jahren das letzte Mal tapeziert, Andreas ging es nicht anders. Wir waren, gelinde gesagt, etwas aus der Übung.

Aber wir lösten ratzfatz die losen Tapetenbahnen von den Schlafzimmerwänden und atmeten erlöst auf, als das irre Muster mit den vielen Strichen und Kreisen nur noch ein Haufen zerknülltes Papier war. Es ging ganz einfach, der Untergrund war eben und sauber gespachtelt. Also optimal vorbereitet für unsere Verschönerungsarbeiten.

Andreas wollte vor dem Tapezieren unbedingt noch die Holzdecke streichen und hatte zwei Böcke mit einem Türblatt als Hilfsmittel aufgestellt. Von Marcel hatten wir den Tipp bekommen, dass es in Frankreich ein

Produkt gäbe, das den Schmutz wie von selbst von der Decke lösen würde. Er hatte alles Notwendige im Schlafzimmer aufgebaut und begann, die Decke mit diesem Wundermittel, namens *St. Marc*, abzuwaschen.

»Hol mir die Bürste von da drüben.« Ich holte. »Bring mir den groben Schwamm mal eben rüber.« Ich brachte. »Mach die Wasserflecken auf dem Türblatt weg.« Ich machte. »Ich brauche dringend frisches Wasser.«

Eben war Schluss!

Ich hatte die Nase gestrichen voll und polterte los: »Kannst du nicht wenigsten einmal bitte sagen, wenn du mich schon durch die Gegend scheuchst? Das wäre doch das Mindeste, oder?«

Ich war richtig stinkig. So hatte ich mir das nicht vorgestellt. Mein Göttergatte kommandierte mich in der Gegend rum wie einen Stift im ersten Lehrjahr.

»Jetzt stell dich nicht so an. Irgendwie müssen wir uns doch die Arbeit teilen. Oder willst du hier oben stehen und dir die schmutzige Brühe in die Haare laufen lassen?«

Ich gab nicht auf: »Das ist nicht der Punkt. Ich will nur, dass du einmal bitte sagst.«

Andreas grinste mich an: »Okay, Lilly-Schatz, bitte reiche mir den Lappen hoch. Danke, mein Schatz.« Er grinste breiter: »Kannst du mir bitte ein Taschentuch reichen, mir läuft die Nase. Danke, mein Schatz.« Und weiter: »Bitte bring mir doch bitte das Küchenpapier, bitte. Danke, mein Schatz.«

Jetzt musste auch ich grinsen. »Schon gut. Vergiss es, sonst kommen wir gar nicht mehr voran.«

Nach einer knappen Stunde strahlte die Decke in einem unregelmäßigen, cremigen Weiß.

»Weißt du was, das sieht exakt so aus, wie in der letzten Ausgabe der Illustrierten, wo sie diese Technik für viel Geld in einem teuren, verwischten Landhaus-Look gezeigt haben. Das lassen wir jetzt einfach so.«

Mein Liebster kletterte vom Türblatt runter, nahm mich in die Arme und gab mir einen dicken Kuss: »Du bist der beste Hiwi der Welt und hast fantastisch praktische Ideen.«

Na bitte, geht doch. Der Haussegen saß wieder kerzengerade, und wir hatten eine 1a-Zimmerdecke im feinsten Landhaus-Stil.

Da die Wände überraschend eben waren, machten wir uns mit viel Schwung, unter den Klängen von *Radio*

Nostalgie, an das Tapezieren unseres zukünftigen Schlafzimmers. Und bewunderten nach ein paar Stunden den sauber tapezierten, in freundlichem Altrosa geblümten Raum.

Das Bett konnte kommen.

📖

Aber es kam nicht. Am Liefertag saßen wir untätig vorm Eulenhaus und warteten - umsonst.

Andreas rief am nächsten Tag bei *Badaboum* an. Die wussten auch nicht wo unser Bett abgeblieben war, versprachen aber, sich darum zu kümmern.

»Wer nimmt das Handy? Kannst du es nehmen? Ich muss in die Scheune. Aufräumen.«

»Ach ja? Und ich soll es wohl mit in den Garten nehmen und dort verlieren, oder wie?«

Die Stimmung war nicht gut. Wir waren beide nervös, und ich sah uns bereits auf dem blanken Boden schlafen, wenn Horst erst einmal da war und kein Bett weit und breit in Sicht.

Am Nachmittag klingelte endlich das Handy. »Unser Lieferwagen hatte eine Panne, und die Ersatzteile kommen erst in zwei Tagen. Wir können Ihnen die Ware also erst in der nächsten Woche anliefern.«

Andreas schwoll der Kamm und sein Ärger fegte lautstark und in bestem Französisch durch den Äther.

Wie sie das auf die Reihe gebracht haben, keine Ahnung, aber das Bett traf am nächsten Tag gleichzeitig mit unserem Freund Horst ein. Wir waren gerettet.

Horst war mit seinem Firmenwagen gekommen und lud das Material für unser Bad kurzerhand im Wohnzimmer ab. Die Objekte und Armaturen hatten wir mit ihm zusammen in Deutschland ausgesucht.

Ich hatte Andreas so lange gelöchert, bis er meine Wünsche auf Papier gebracht und Horst zu einem französischen Arbeitsurlaub verdonnert hatte, um meine Vorstellungen von einer Doppeldusche und einem Doppelwaschbecken in die Tat umzusetzen.

In den nächsten Tagen sah ich die Männer nur noch bei einem hastig eingenommenen Frühstück, bei einem hastig eingenommenen Mittagessen und bei einem hastig eingenommenen Abendbrot. Spät abends fiel mein mir angetrauter Ehemann todmüde ins Bett und schnarchte in der Nacht lautstarke Holzfällersymphonien. Ich schätze mal, dass im Wohnwagen ähnliche Geräusche zu hören waren.

Unser Bett hatte bei der Anlieferung zwei funkelnagelneue, mit Plastikfolie versiegelte Matratzen. Entweder aus Versehen oder als Entschuldigung für die Aufregungen, die wir wegen der verspäteten Lieferung hatten.

Besser ging nicht.

Die Männer sägten, hämmerten, bohrten und schufteten bis spät in die Nacht, und ich konnte derweil meinen Wortschatz an männlichen Flüchen gründlich erweitern. Nach knapp einer Woche waren die Doppeldusche und das Doppelwaschbecken fertig installiert, und die Männer hatten sogar die Wände des Bades mit weiß gewachsten, wasserabweisenden Brettern verkleidet. Das Bad sah aus wie eine finnische Sauna, nur ohne Decke.

»Die Decke ziehe ich dir so schnell wie möglich ein«, versprach mir mein Ehemann, denn die Abreise von Horst stand in drei Tagen an.

Wir wollten ihm wenigstens noch ein paar Tage Urlaub gönnen und planten, mit ihm in der verbleibenden Zeit Badeurlaub zu machen.

Der See gefiel ihm ganz gut, aber vielmehr lockten ihn die Fische darin. Er schwärmte von Karpfen, Hecht, Wels und Barsch und wollte unbedingt zum Angeln gehen. Also fuhren wir ins nächste Städtchen, wo sich am Marktplatz ein gut sortierter Laden für Jagd- und Angelbedarf befand. Es dauerte eine Weile bis der Verkäufer begriff, dass wir eine Angelkarte für nur einen einzigen Tag haben wollten. Offenbar ein rarer Wunsch in dieser Gegend, denn er wollte uns unbedingt eine Wochen- bzw. Monatskarte aufschwatzen. Als Horst endlich seine Tageskarte in den Händen hielt, holte er die mitgebrachte Angelrute samt Zubehör aus seinem Auto und entschwand für den Rest des Tages.

Wir machten uns Sorgen, als er nicht zum Mittagessen erschien, und wir machten uns noch mehr Sorgen, als er auch nicht zum Abendessen eintraf.

»Hoffentlich ist ihm nichts passiert.«

Um zwanzig Uhr war es zwar noch hell, aber von Horst noch immer keine Spur. Kurze Zeit später tauchte er endlich auf.

»Ihr werdet es nicht glauben«, er platzte fast vor Stolz. Aus seinem Kombi holte er einen großen, gut gefüllten Müllsack mit frisch geangelten Fischen und hielt uns seine aromatische Beute vor die Nase. »Na, ist das was?«

Zum späten Abendessen gab es Fisch vom Grill, zum Nachtisch gab es Fisch zum Putzen.

Ich war völlig aufgelöst zu Corinne gerannt, als ich die Unmengen von Fisch vor Augen hatte und fragte sie um Rat. Ich hatte keine Ahnung, wie ich die Fischmassen versorgen sollte. Corinne bot mir ihre halbleere Tiefkühltruhe an, machte mich aber vorsorglich darauf aufmerksam, dass die Viecher vorher geputzt, ausgenommen und gewaschen werden mussten. Horst nahm sie ohne Murren aus und entsorgte auch das Gekröse. Ich wollte gar nicht wissen, wohin er das Zeug brachte.

Corinne half uns beim Schuppen, Eintüten und Beschriften. Die gute Seele hatte vorsorglich Gefriertüten und Etiketten mitgebracht, und wir saßen vor dem Wohnwagen, inmitten von Fischbergen.

Was hätten wir wohl ohne sie gemacht? Horst hatte in seinem Erfolgsrausch an so profane Kleinigkeiten nicht gedacht.

Als wir weit nach Mitternacht die Fische in Corinnes Tiefkühltruhe verstauten, schenkte ich ihr die Hälfte und bedankte mich für ihre großartige Hilfe. Corinne sagte nur ein einziges Wort: „Männer"

📖

Wir wollten auch noch unser Versprechen an Horst einlösen: das Jazz-Festival in den Abteiruinen von Trois Fontaines. Horst ist ein großer Jazz-Fan, und die Aussicht auf ein „*Sidney-Bechet-Revival*", mit Olivier Frank als Solist auf dem berühmten Bechet-Sopransaxophon, hatten ihn mit fliegenden Fahnen zu dem angesagten Arbeitsurlaub überlaufen lassen.

Wir fuhren bis kurz vor die Kreisstadt und folgten dem kleinen Hinweisschild in Richtung Trois Fontaines. Dichte Eichenwälder entschädigten uns etwas später für das öde Rumkurven in dem trostlosen Industriegebiet, das Frankreichs größte Eisfabrik namens *Miko*[4] als Heimat diente.

Fußnote[4]: Die Firma Miko wurde 1994 an Unilever verkauft und das Fabrikgelände 2005 zerstört, um Platz für Wohnungen und ein Kino zu machen. Übrig blieb nur noch der Miko-Turm, der heute das Miko-Museum beherbergt.

Das Dörfchen platzte aus allen Nähten, die Autos parkten bis weit in die Wälder hinein. Die Besucher hatten sich nicht von den gepfefferten Eintrittspreisen abhalten lassen, um den berühmten Schüler von Sidney Bechet zu hören.

Ich trottete missmutig hinter den Männern her. Laufen für einen Künstler, den ich nicht kannte und der mir nichts sagte, war nicht mein Ding. Warum hatte ich mich nur darauf eingelassen? Endlich kamen wir an die Absperrung und Andreas präsentierte unsere Eintrittskarten. Wenigstens waren die Plätze nummeriert und ersparten uns ein unwürdiges Gedrängel.

Durch ein pompöses Halbrund aus hellen Kalksandsteingebäuden betraten wir einen Innenhof, der über einen zweiten Eingang in den weitläufigen Klosterpark führte. Bis zu den Teichen waren Stuhlreihen aufgestellt, dazu eine Bühne mit sehr viel Technik.

Wir hatten noch eine halbe Stunde Zeit und schlenderten zu der Abteiruine. Die mächtigen Steinquader stehen mit einem baufälligen, aber gesicherten Dach unter eindrucksvollen Eichen. Die leeren Fensterhöhlen ließen flirrende Schattenspiele im Innern leuchten, und wir fühlten uns in der imposanten Ruine ganz klein. So etwas wie Ehrfurcht beschlich mich, als ich die Bruchstücke der überladenen Fresken betrachtete, die einst das prächtige Innenschiff geschmückt hatten. In der Apsis wuchs eine ausladende Eiche aus der umgekippten Kirchenspitze. Die Zerstörungen stammten noch aus der französischen Revolution, als das Volk die Kirchen stürmte und gegen Staat und Klerus wütete. Wie uns ein Bewohner des Dorfes bei einem späteren Besuch erzählte, findet man noch heute an manch bescheidenem Dorfhaus kunstvoll verzierte Fenster- oder Türstürze, die aus Bruchstücken der Abtei stammen.

Es wurde Zeit, und wir nahmen unsere Plätze ein.

Jazz langweilt mich manchmal, und auch jetzt dauerte es eine Weile bis das Vorprogramm mich in Stimmung brachte. Aber dann trat dieser kleine Mann mit dem weltberühmten Saxophon auf die Bühne und versetzte uns in ein Zauberwunderland. Was dieser Künstler aus dem Sopransaxophon von Sidney Bechet hervorzauberte, grenzte an Magie. Das Instrument sang, weinte und lachte, und mit ihm das Publikum.

Ich war nach dem Konzert völlig erschöpft, so sehr war ich mit der Musik eins. Und so erging es auch meinem Mann und unserem Freund.

Horst wollte unbedingt noch eine signierte CD kaufen. Der Meister stand vor einer langen Menschenschlange und unterhielt sich mit seinen Fans. Als er bemerkte, dass Horst Deutscher war, sprach er ihn in holprigem Deutsch an und schwärmte von seinem Konzert in Dresden und dem deutschen Publikum. Horst zog überglücklich mit einer sehr persönlichen Widmung ab.

Es war der letzte Abend vor der Abreise unseres Freundes und er versprach, in den Herbstferien unser Haus mit einer Elektroheizung winterfest zu machen.

📖

Ich war gerade dabei, den Wohnwagen für unseren nächsten Besuch zu säubern und die Betten frisch zu beziehen, denn unsere Freunde Angie und Werner hatten sich angesagt und wollten uns beim Renovieren helfen.

Madame Dior kam über die Straße. Ich hatte bislang noch keine Zeit gehabt, mich bei ihr zu melden und bedankte mich für ihren freundlichen Blumengruß.

Sie war sichtlich verlegen und machte einen reichlich geknickten Eindruck. Schließlich platzte sie heraus: »Es ist alles meine Schuld. Ich hatte gedacht, dass Sie die Käserei kaufen und wieder Arbeit ins Dorf bringen würden.«

Ach du lieber Himmel, das war ein schöner Schlamassel. Da hatte unsere alte Nachbarin in ihrer Einfalt wohl mit gänzlich falschen Vorstellungen den Ortspostillion gespielt.

Ich suchte nach Worten: »Ja, was machen wir denn da? Ich kann doch schlecht im Dorf rumlaufen und an jeder Haustür klingeln, um das Missverständnis aufzuklären.«

Ihre kleinen Mäuseäugelein schauten mich sorgenvoll an. Sie seufzte tief auf: »Nein, das geht wirklich nicht. Das muss ich wohl selbst tun. Die Leute werden sich im ganzen Dorf das Maul über mich zerreißen.«

Sie ließ den Kopf hängen. Ich hatte echtes Mitleid mit der alten Dame, aber ich konnte ihr nicht helfen. Da musste sie durch.

Plötzlich strahlte sie mich an: »Spielen Sie Karten?« Nein, also wirklich nicht, ich hasse Kartenspielen.

»Wenn Sie am Mittwoch mit mir in den Club gehen würden, dann könnten wir das Missverständnis gemeinsam aus der Welt schaffen. Die Clubmitglieder könnten es weitererzählen, und die dann wieder weiter, und irgendwann weiß dann jeder im Dorf Bescheid. Und alle würden sehen, dass Sie mir nicht böse sind.«

So einfach gestrickt die alte Dame war, so clever war sie auch. Ich nahm sie in den Arm und sagte ihr meine Hilfe zu. Ich wollte sie diesen schweren Gang nicht alleine gehen lassen. Sie hatte uns das Ganze zwar eingebrockt, aber sie war auch bereit, es auf ihre Art wieder in Ordnung zu bringen.

Am Mittwoch gab ich meine Abschlussprüfung als beste Schauspielerin Frankreichs ab. Ich heuchelte Freude am Kartenspielen, schraubte meine Französischkenntnisse auf ein Minimum runter und erklärte den Clubmitgliedern, dass mein miserables Französisch wohl das ganze Missverständnis ausgelöst habe.

Madame Dior schaute mich dankbar an, und ich hatte eine Freundin fürs Leben gefunden.

Zum Kartenspielen ging ich nie wieder, und Madame Dior entschuldigte mich bei den Clubmitgliedern mit zu viel Arbeit im Eulenhaus. Jeder hatte dafür vollstes Verständnis, und die Damen tratschten über mein grottenschlechtes Französisch und die daraus resultierenden Missverständnisse.

Und Madame Dior konnte ihr Gesicht wahren.

📖

Angie und Werner kamen, und ich stand fassungslos vor ihrem Auto. Werners Kombi war bis zum Rand mit Möbeln gefüllt.

»Ihr wisst doch, wir hatten vom Umzug noch so viel übrig und da dachten wir, dass ihr sicherlich noch so einiges gebrauchen könnt.«

Andreas schubste mich leicht und kniff mir in den Hintern. Er lachte leise: »Super, lasst doch mal sehen.«

Ich hatte ganz sicher niemals an eine grasgrüne Couch gedacht, die zwar eine praktische Bettcouch war, aber nicht mit den zukünftigen blassblauen Tapeten unseres Wohnzimmers harmonieren würde. Zum gegenwärtigen Armeleutegrün passte sie allerdings prima. Unsere

Freunde angelten noch vier Stühle aus dem Kombi, sowie zwei handgeschnitzte, indische Beistelltischchen aus Sandelholz.

Ade, ihr Landhausmöbel aus den Hochglanzbroschüren, die Mobiliarfrage für Esszimmer und Schlafzimmer war vorerst geregelt.

Angie packte rheinischen Sauerbraten, selbstgemachte Klöße, sowie Bayrischkraut aus der Kühltasche und versprach das Kochen für die nächsten Tage zu übernehmen. Für Gartenarbeit sei sie nicht zu gebrauchen und fürs Putzen schon gar nicht. Andreas wollte mit Werner das Deckenproblem im Badezimmer in Angriff nehmen, und damit hatten wir bereits bei Ankunft der Freunde die Arbeitsteilung gelöst.

Doch davor gab es noch ein Zwischenspiel, auf das ich gerne verzichtet hätte.

Gartenarbeit ist mühsam, das weiß jeder, der einen Garten hat. Wir haben einen großen Garten, und ich kann nur hoffen, dass mein Schweiß so etwas wie biologischer Dünger ist. Nach meinen agrarpolitischen Anstrengungen bin ich jedes Mal reif für die Dusche und genieße dieses, Horst sei Dank, inzwischen tägliche

Vergnügen ausgiebig mit sehr viel Wasser und noch mehr Dampf.

Am zweiten Abend nach Ankunft unserer Freunde und bevor Andreas und Werner die Duschdecke in Angriff nehmen wollten, hatte ich mir noch einmal eine Duschorgie ausbedungen. Denn wenn die Männer werkeln würden, war erst mal Schluss mit Duschen.

Ich legte meine Brille auf den Waschtisch und hüpfte in die große, neue Doppeldusche. Das warme Wasser prickelte wohltuend auf meine verspannten Muskeln. Dampf umwallte mich. Ich schloss genüsslich die Augen und fing an, lauthals zu singen.

Plötzlich schoss ein riesiges Etwas vom offenen Dachboden auf mich herunter. Ich schrie wie am Spieß und flüchtete splitterfasernackt die Treppe nach unten auf die Straße.

Der neue Nachbar von gegenüber glotzte mich erst mit offenem Mund an, dann drehte er sich um und rannte in sein Haus.

Ich rannte auch – in unseres. Und schrie weiter wie am Spieß.

Angie und Werner sprangen eilig aus dem Wohnwagen.

Andreas stürzte aus dem Holzschuppen. »Lilly-Schatz, was ist passiert?«

Ich kauerte im vorderen Zimmer auf dem Boden, war völlig verschreckt und schämte mich zu Tode.

»Da war ein Tier, so groß wie ein Hund, mitten in der Dusche. Von oben runter.«

Ich zitterte am ganzen Körper. Angie kam mit einer Decke angerannt und hüllte mich schweigend ein.

»Da gehe ich nie wieder rauf. Nie wieder«, heulte ich.

Andreas nahm mich sanft in den Arm und schaukelte mich sacht.

»Alles wird gut, alles wird gut.«

Werner war nach oben gegangen und kam erst nach einer ganzen Weile wieder runter.

»Ich habe den Übeltäter gefunden. Er hatte mindestens so viel Angst wie du.«

Er hatte eine aufgeschreckte Eule, völlig verschüchtert auf dem Waschbecken sitzend, vorge-funden. Offenbar traute sie sich nicht vom Fleck. Unser guter Werner musste etwas nachhelfen, um sie aus dem Badezimmer zu vertreiben.

Die Männer gingen in den ersten Stock und spannten eine Plastikfolie als provisorische Decke in die Dusche.

Angie versuchte mich zu trösten.

Ich wimmerte vor mich hin: »Der hat mich splitterfasernackt gesehen«, und erzählte ihr von dem geschockten Nachbarn, »bei dem kann mich nie wieder blicken lassen.«

Angie rüttelte mich an den Schultern: »Schluss jetzt, wenn's weiter nichts ist. Komm mal wieder runter. Es ist doch nichts passiert. Du hast einen Riesenschreck bekommen und die Eule auch. Das Bad ist jetzt erst mal gesichert, und morgen wird eine richtige Decke eingezogen. Kein wie immer geartetes Getier kann dann je wieder vom Dachboden runterkommen. Und so viel ich mitgekriegt habe, ist dein Nachbar verheiratet und hat bestimmt schon mehr nackige Frauen in seinem Leben gesehen.«

Langsam bekam ich mich wieder ein. Aber ich zitterte noch immer am ganzen Körper.

Angie griff schließlich zum Allerheilmittel, schnappte sich den mitgebrachten Cognac und goss mir ein großes Glas ein.

Andreas begleitete mich spät abends durch das hell erleuchtete Badezimmer, unter der gespannten Deckenfolie durch, in das von den Männern akribisch inspizierte Schlafzimmer.

In der Nacht träumte ich unruhig von fliegenden Drachen, nackten Nachbarn und anderen Kreaturen.

Angie kochte gute deutsche Hausmannskost und erfand immer wieder neue, abwechslungsreiche Fischrezepte. Unser Fischvorrat schrumpfte langsam, aber stetig. Werner half bei der erinnerungswürdigen Badezimmerdecke, und ich versuchte meinem Nachbarn von gegenüber aus dem Weg zu gehen.

Irgendwann erwischte er mich dann doch und stellte sich offiziell vor. Er sei Architekt, und seine Frau und er wollten den erst kürzlich angetretenen Ruhestand auf dem Lande verbringen. Sie hätten schon immer von einem beschaulichen Landleben geträumt, weitab von Hektik und Stress. Und, das sagte er mit einem netten Augenzwinkern, weitab von aufregenden Abenteuern.

Ich fasste mir ein Herz und sprach ihn direkt auf mein unsägliches Intermezzo an. Ich erzählte ihm die ganze Geschichte. Er schenkte mir ein verständnisvolles Lächeln, gar nicht Macho und schon gar nicht Schürzenjäger.

»Ich habe mir schon gedacht, dass sich da eine Tragödie abspielt haben muss. Seien Sie versichert, Madame, Sie haben mein ganzes Mitgefühl.«

Ich war überrascht und konnte kaum glauben, dass es auch einfühlsame Franzosen, ohne irgendwelche Hintergedanken, in diesem schönen Land gibt.

Jean-Jacques war offensichtlich ein Gentleman und nicht hinter jeder Schürze her. Er lud uns und unsere Freunde für Samstag zum Abendessen ein. Ich sagte zu und war auf das neue Haus und die neuen Nachbarn sehr gespannt.

Seine Frau Jacqueline sah aus, als wäre sie aus einem anderen Film. Ihr teures Designerkleid passte weder in die große, rustikal eingerichtete Wohnhalle, noch in die ländliche Gegend. Auch passten die dicke Schminke und der glitzernde Nagellack nicht aufs Land. Aber sie war eine perfekte Gastgeberin.

Sie führte uns durch das geräumige Haus, das innen und außen sehr geschmackvoll aufgestellt war. Teure Skulpturen standen in der Wohnhalle und auch in dem weitläufigen Garten. Wir waren beeindruckt. Jean-Jacques erzählte uns, dass sein Bruder Bildhauer sei und ihnen gerne mal zum Geburtstag oder anderen

Gelegenheiten, das eine oder andere Werk für Haus und Garten schenke.

Wir plauderten bei einer pikanten Pekingsuppe, einem zarten, süß-sauer gebratenen Hühnchen und selbstgemachtem Mango-Eis über Themen, die sich von Kunst und Kultur bis zur internationalen Politik bewegten. Wir waren von der Bildung und dem Allgemeinwissen unserer neuen Nachbarn beeindruckt. Ich fragte mich allerdings, welche Beweggründe diese Leute in unsere bescheidene Gegend geführt hatten.

Als wir uns verabschiedeten, machte ich mir bereits Gedanken, wie unseren Nachbarn unser spärlich eingerichtetes, armeleutegrünes Wohn- und Esszimmer gefallen würde.

📖

Die Tage plätscherten dahin, und wir waren mit Küchen- und Gartenarbeit sowie Aufräumen von Schuppen und Scheune beschäftigt.

Andreas wollte auch noch die kleine Wohndiele im ersten Stock tapezieren, solange unsere Freunde zur Verfügung standen.

»Damit hätten wir praktisch den ersten Stock fertig und könnten auch Gäste im Haus schlafen lassen. Miriam und Daniel hatten dort oben auch ein Gästebett stehen.«

Ich dachte an den kommenden Winter, und dass wir schon in diesem Jahr die Weihnachts- und Neujahrstage im Eulenhaus verbringen wollten. Ich freute mich über jeden Fortschritt, und Horst hatte ja auch noch versprochen, im Herbst eine Elektroheizung einzubauen.

In unserem Dorf wird fast nur mit Elektroheizung geheizt. Das liegt vorwiegend daran, dass es auf dem Land einen merkwürdigen Spartarif beim Energieversorger und Monopolriesen EDF gibt, und den hatten wir von Miriam und Daniel übernommen. Damit könne man das ganze Jahr über Strom zu einem Spottpreis nutzen. Der Haken aber war, dass an 23 Tagen im Winter der Verbrauchspreis in astronomische Höhen klettere, und man in diesen Tagen tunlichst den offenen Kamin nutzen sollte. So ganz blickten wir bei diesem komplizierten System noch nicht durch, aber diese Lösung erschien uns für ein Ferienhaus äußerst vorteilhaft.

Andreas und Werner bliesen zum Angriff und rissen die alten Tapeten von den Wänden, dass die Fetzen nur so flogen. Ich saß gerade vor dem Haus, als ein nasser Klumpen zusammengeknäulter Tapeten durch das offene Fenster auf meine frisch geschnippelten Bohnen platschte.

Ich blickte hoch. »Was soll das werden?«

Mein Ehemann schaute aus dem Fenster und fluchte zum Gotterbarmen: »Alle Wände sind krumm und schief, und die dünne Tapete reißt wie Spinnweben.«

Sprach's und knallte das Fenster so heftig zu, dass ein paar Scherben zu den geknäulten Tapeten in mein Essen fielen.

Nun hatte ich langsam genug: »Glaubst du im Ernst, dass man das noch essen kann? Was ist denn nur los mit dir?«

Jetzt erschien auch Werners Gesicht mit einem breiten Grinsen im Fenster. »Ich glaube, dein Mann braucht erst mal Abstand von allem. Schick mir bitte die Angie rauf.«

Mein missmutiger Göttergatte setzte sich verschnupft neben mich an unser versautes Mittagessen. Er schimpfte über schiefe Wände, krumme Decken, nasse

Tapeten und leimverschmierte Finger, an denen alles kleben bliebe.

Ich nahm ihn in den Arm: »Das ist ja schrecklich. Was machen wir denn da?«

Ich stellte ihm eine Tasse mit frisch gebrühtem Kaffee und Schokoplätzchen vor die Nase. Nach einer Weile sah die Welt schon sehr viel besser aus.

Später meldete Werner, dass das Zimmer fertig sei. Blöd nur, dass die Fensterscheibe jetzt noch repariert werden müsse.

Ich überzeugte die Männer, dass es an der Zeit sei, eine Arbeitspause einzulegen und schlug einen Ausflug auf dem See vor. Mit dem Boot. Wir mieteten ein Motorboot für sechs Personen, das mit einem schwachen Außenbordmotor leise und gemütlich vor sich hin tuckerte. Sechs Personen deshalb, weil wir, außer Angie, recht gut im Futter sind. Also Andreas und ich. Und auch Werner gehört nicht zu den Dünnen. Er hat die Gestalt eines gemütlichen Braunbären und ist ebenso flink.

Mit einem eleganten Kopfsprung schoss er an der tiefsten Stelle des Sees in die glasklaren Fluten und kraulte mit einem hohen Juchzen davon. Angie schaute ihm stirnrunzelnd hinterher.

»Ich habe uns eine Flasche Wein und lecker belegte Brötchen eingepackt.«

Angie schien irgendwie nicht interessiert.

Ich genoss das Licht, die Sonne, das smaragdgrüne Wasser und ließ die Hand langsam durch das kühle Nass gleiten. Irgendwo in der Ferne waren ein paar Segelboote zu sehen.

Werner kam kraulend zurück und hielt sich an dem glatten Fiberglasrand des Bootes fest.

»Wo ist die Leiter?«

Angie schaute ihren tropfnassen Ehemann an.

»Es gibt keine Leiter.«

Erst nach und nach begriff ich, was das zu bedeuten hatte. Da hing unser fast zwei Zentner gewichtige Freund an der Reling und glitschte, durch das Schwimmen noch ein paar gefühlte Kilo schwerer, wie ein Aal von der Bordwand. Keine Außenleiter weit und breit. Das Gestänge des fest installierten Sonnendachs bestand nur aus dünnen Aluteilen und war auch nicht sehr hilfreich.

Als wir Frauen uns auf die eine Seite des Bootes parkten, zog und zerrte Andreas auf der anderen Seite an seinem Freund. Werner glitt immer wieder auf halber

Höhe mit einem fetten Klatschen ins Wasser. Langsam ging den Männern die Puste aus. Nach zwei weiteren Anläufen hatten sie es endlich geschafft. Werner hing schwer keuchend und völlig verdreht zwischen dem inzwischen leicht verbogenen Gestänge und rang nach Luft. Andreas ebenfalls.

Wir Frauen bedankten uns heimlich beim lieben Gott. Angie schaute ihren Mann liebevoll an.

»Ich hätte dir den Rettungsring runter geworfen und dich an Land gezogen, wenn es nicht geklappt hätte.«

Wie sie uns später gestand, hatte sie nach dem Kopfsprung ihres Mannes mit verzweifelten Blicken das Boot nach einer Leiter abgesucht und sich bis zu seiner Rückkehr heftige Gedanken gemacht. Sie waren beide erfahrene Bootsführer, mit richtigen Motorboot-führerscheinen, aber eben auch nur Menschen. Sie hatten beide einen Moment lang nicht an die Leiter gedacht. Und wir hatten sowieso von null und nix eine Ahnung.

Wir dümpelten mitten auf dem einsamen See und genossen die Wärme und die Stille. Unser Freund Werner war erstaunlich schweigsam.

Plötzlich kamen von Werner die ersten Worte: »Hunger, ich habe einen Riesenhunger.«

Na endlich, er wurde wieder normal. Ich packte die mitgebrachten Brötchen, den Wein, eine selbstgebackene *Tarte Tatin* und eine Kanne Kaffee aus dem Picknickkorb. Wir ließen es uns schmecken.

Wasser und Abenteuer machen richtig Hunger.

Wir tuckerten langsam an dichten Schilfreihen vorbei. Automatisch sprachen wir leiser. Plötzlich sahen wir eine kleine Vogelfamilie vor uns auf einer schmalen Sandbank sitzen. Die Wasservögel putzten sich ausgiebig das Gefieder. Wir waren mucksmäuschenstill. Die buntgefiederten Vögel in Orange-, Weiß- und Grautönen, und brennend roten Kopffedern, waren uns völlig unbekannt. Sie schauten misstrauisch zu uns rüber und stießen einen seltsam krächzenden Schrei aus. Dann stoben sie davon.

Lappentaucher, wie man uns später erklärte. Diese seltenen Vögel könne man manchmal am See beobachten.

Ich musste jetzt dringend aufs Klo. Angie ebenfalls. Mein Gott, wie einem die Blase drücken konnte. Die

Männer steuerten einen piekfeinen Segelyachtclub an und ankerten am clubeigenen Steg.

Andreas ging in das Clubhaus. Er fragte in seinem besten Französisch nach einer Toilette, der Aufseher nach unseren Clubausweisen.

Mein Mann kam mit hängendem Kopf ans Boot zurück und erzählte von dem unbeugsamen Angestellten. Wir wollten es nicht glauben. Der wollte für unser dringendes Bedürfnis einen Ausweis sehen!

Jetzt kam nur noch ein gequältes Wimmern von den Lippen der weiblichen Besatzung.

Ich schaute zu dem schnittigen Boot rüber, das gerade anlegte. Hoppla, das war doch der Franzose mit dem Fräulein Tochter, das nicht seine Tochter war. Er entdeckte uns, rief und winkte.

Fünf Minuten später entschuldigte sich der Aufseher bei uns. Zehn Minuten später saßen wir vor einem offenen Kamin in tiefen Ledersesseln und nippten an bunten Cocktails. Auf Einladung von dem Mann mit, beziehungsweise ohne Fräulein Tochter. Der Aufschneider entpuppte sich als ein Mann, der auch ein Netter sei konnte und ließ es sich nicht nehmen, uns auf sein Anwesen einzuladen. Wir sagten vage zu; für die Toiletten und Drinks waren wir ihm aber sehr dankbar.

Als ich mich zuhause reichlich müde im Spiegel betrachtete, sprangen mir eine tiefrote Nase und völlig verbrannte Unterarme ins Auge. Ich hatte zwar Hut und T-Shirt auf dem Boot getragen, aber trotzdem einen kapitalen Sonnenbrand. Bislang hatte ich ihn noch nicht einmal bemerkt. Aber schön rot ist auch rot und die folgende Nacht erzählte mir lodernde Geschichten von einem glühenden Brenneisen auf meiner Haut.

Angie und Werner fuhren ab und versprachen, dass sie gerne wiederkommen und auch gerne wieder für einen Arbeitseinsatz zur Verfügung stünden.

📖

In den Herbstferien installierte Horst, wie versprochen, die Elektroheizung. Wir kauften einen Kleiderschrank für unser Schlafzimmer und ein Gästebett für unseren Weihnachtsurlaub. Denn Angie und Werner wollten mit uns Weihnachten und Sylvester im Eulenhaus verbringen.

Es war kalt geworden, und als wir kurz vor Weihnachten über die französische Grenze kamen, war es auch schon dunkel. Der Kofferraum war bis unters Dach vollgeladen und auch der Grund, warum wir erst zu so später Stunde losgefahren waren.

In Frankreich ist Weihnachten eine sehr bunte Angelegenheit. Als wir durch die Dörfer mit den vielen Ypsilons fuhren, begrüßte uns die örtliche Weihnachtsbeleuchtung in üppigem Rot, knackigem Grün, grellem Orange und eisigem Blau. An den Straßenlaternen hingen seltsame Gebilde, die wie umgestülpte Eistüten mit herausfallenden Sternen aussahen oder wie aufgestellte Eistüten mit schwebenden Schneeflocken. Über die Straßen waren Lichtervorhänge mit blinkenden Nikoläusen, kitschigen Holzschuhen und flimmernden Kerzen gespannt.

Alles knallig bunt.

In einem Dorf wetteiferten zwei Nachbarn um die schönste Weihnachtsbeleuchtung. Obwohl wir schon spät waren, hielten wir an, um das Spektakel näher zu betrachten.

Auf dem einen Grundstück war eine vielfarbig angeleuchtete Krippe aufgestellt, die mit lebensgroßen

Figuren die Szene der Weihnachtsnacht im Stall nachstellte. Um Fenster und Türen des Hauses leuchteten grellbunte Lichterketten, ebenso an den Dachrinnen. Der Zaun blinkte und blitzte mit flimmernden Girlanden.

Der Nachbar konkurrierte mit angestrahlten Hirschen, Rehen und Hasen in einer künstlichen Schneelandschaft, inmitten beleuchteter Tannen und Büsche. Ein hässlicher, aufgeblasener Schneemann winkte uns vom Dach zu. Neben der Haustür kletterten zwei Weihnachtsmänner zu den Fenstern in den ersten Stock.

»Oh wie grässlich, hoffentlich sieht unser Dorf besser aus.«

Wir fuhren zügig weiter und gewöhnten uns schneller als gedacht an die vielen bunten Lichter auf unserer Fahrt.

Als wir in unserem Dorf einfuhren, umfing uns Dunkelheit und Schwärze. Keine einzige Weihnachtsbeleuchtung weit und breit. Auch keine Straßenbeleuchtung. Es war stockfinster.

Im Haus war es bitter kalt. Das Lämpchen für den Spezialstrom blinkte uns am Verteilerkasten hämisch entgegen. Na bravo, Hochpreisphase. Unsere neuen, elektrischen Heizkörper hatten eine spezielle Vorrichtung, die in dieser Phase automatisch den Strom für alle elektrischen Wärmequellen abstellte. Wir wollten stromunabhängig sein und hatten alternatives Heizen eingeplant.

Also machten wir ein kräftiges Feuer im offenen Kamin, zogen die grasgrüne Bettcouch auseinander und schleppten das eiskalte Bettzeug vom ersten Stock ins Wohnzimmer.

Andreas ließ die Küchentür weit offenstehen und stellte den Gasherd an. Alsbald wurde es mollig warm.

📖

Der nächste Morgen begrüßte uns mit einem glasklaren, blauen Himmel und einem weiteren, sehr kalten Tag.

Das Dumme war, dass wir nicht wussten, wie lange uns die französische Energieversorgung mit der Hochpreisphase umklammern würde. Wir erfuhren, dass es bei der Stromgesellschaft eine Telefonnummer gab, die am Vorabend zu saftigen Gebühren Auskunft gibt, ob auch noch am nächsten Tag mit der Hochpreisphase zu rechnen sei. Aber immer nur für einen Tage im Voraus. Zumindest konnte man mit dieser Information die Übernachtung im Wohnzimmer für den nächsten Tag einplanen.

Wir richteten es uns gemütlich ein, wuschen uns mit heißem Wasser vom Gasherd und heizten mit dem offenen Kamin das gesamte Erdgeschoss. Wir packten die mitgebrachten elektrische Eiszapfen und die elektrischen Sterne aus und installierten die weiße Weihnachtsbeleuchtung vorsorglich an Dach und Fenstern. Irgendwann würde diese Hochpreisphase ja vorüber sein, und dann würde unser Haus im festlichen Glanz erstrahlen. Der Gedanke hatte etwas Tröstliches.

Wir hackten Holz, das wir im Holzschuppen gefunden hatten und gelangten zu der Erkenntnis, dass Holzhacken auch schön warm machen kann.

In der Nacht zum vierten Tag wälzte ich mich unruhig von einer Seite zur anderen. Ich schwitzte fürchterlich und schmiss die Bettdecke von mir. Andreas erging es ähnlich. Mitten in der Nacht hatten unsere Heizkörper angefangen zu glühen, und das Zittern war vorbei.

Unser Alltag lief wieder normal. Es war wunderbar, morgens aus dem Schlafzimmer zu schauen, um auf der Wiese die vielen Tierspuren im Schnee zu entdecken. Es war wunderbar, sich nach dem anstrengenden Holzhacken an den Tisch zu setzten, um eine dampfende Erbsensuppe mit fettem Speck zu verschlingen. Und es war wunderbar, abends beim prasselnden Kaminfeuer mit einem Glas Rotwein im Sessel zu sitzen, um ein spannendes Buch zu lesen.

Madame Dior kam mit einer geschlachteten Ente vorbei, drückte mir das Tier in die Hand und lobte uns für die ungewöhnliche Weihnachtsbeleuchtung. So etwas habe sie noch nie gesehen. Ansonsten wünsche sie uns einen guten Appetit. Und, ach ja, fröhliche Weihnachten.

Ich freute mich über die Ente und das Kompliment und konnte mich endlich mit einer Kiste Elisenlebkuchen und einer Flasche Eierlikör für ihre vielen Sommergaben bedanken. Sie kannte weder das eine noch das andere und zog glücklich mit ihren unbekannten Schätzen davon. Allerdings nicht ohne mir vorher noch einen dicken Strauß mit Tannengrün und rotperligem Ilex in die Hand zu drücken.

Andreas installierte weiße Sterne am Tannenbaum im Vorgarten und knipste am Haus alle Lichterketten an.

Jean-Jacques und Jacqueline, sowie Corinne und Marcel standen auf der Straße und schauten andächtig auf unsere komplett weiße Weihnachtsbeleuchtung. Und noch ungefähr fünfzehn andere, mir völlig unbekannte Dorfbewohner.

Ich stürzte hinaus: »Was ist los? Ist was passiert?«

Ich schaute auf den Menschenauflauf. Mein Ehemann grinste nur. Es hagelte Komplimente. Unsere weiße Weihnachtsdekoration war die Sensation im Dorf, und in den nächsten Tagen pilgerte das halbe Dorf zu unserem Haus.

Am ersten Weihnachtsfeiertag sah ich Yvonne zum ersten Mal. Sie machte ein Foto von unserer Weihnachtsbeleuchtung und sagte: »Wenn Sie nichts dagegen haben, mache ich das im nächsten Jahr nach.«

Sie legte den Kopf schief und machte ein weiteres Foto. Warum sollte ich etwas dagegen haben? Wir kamen ins Gespräch, und sie erzählte mir von dem großen Silvesterball im Dorfgemeinschaftshaus, und dass es noch Karten gäbe.

»Es gibt Tanz, ein Viergänge-Menü und immer viel Spaß. Kommen Sie doch auch, da lernen Sie eine Menge Leute aus dem Dorf kennen.«

Sie verabschiedete sich und winkte zum Schluss noch einmal mit der Kamera.

Angie und Werner kamen an und hatten einen kleinen, antik geschnitzten Aufsatzschrank im Gepäck. Sie schleppten ihn ins Haus.

»Meine Mutter hat gemeint, dass ihr sicherlich noch Möbel für das Ferienhaus braucht. Sie schenkt ihn euch zu Weihnachten.«

Angie hatte schon die Möbelpolitur in den Händen und wienerte und polierte was das Zeug hielt.

Ich schaute etwas schief. Wenn das so weiterging, konnte ich die Hochglanzillustrierten mit den französischen Landhausmöbeln vergessen und für den Rest meines Lebens in den ausrangierten Möbeln unseres Freundeskreises hausen.

Doch das Eichenschränkchen sah bei näherem Hinsehen gar nicht so übel aus, als es blank poliert neben der grasgrünen Couch stand. Ich stellte den Tannenstrauß von Madame Dior auf den Esstisch und Angie kramte Weihnachtsschmuck aus ihrem Gepäck.

Als der Strauß fertig dekoriert war, schauten wir zufrieden auf unseren Pseudo-Weihnachtsbaum und fingen an, längst vergessene Weihnachtslieder zu summen.

»Das sieht richtig gut aus.«
Ich stellte noch eine Schale mit Äpfeln, Nüssen und Orangen dazu. Weihnachten konnte kommen.

📖

Wir machten uns an die Zubereitung des Weihnachtsvogels. Die Ente war zwar ausgenommen, hatte aber immer noch Federn, Füße und auch den Kopf.

»Was machen wir damit?«

Ich ekelte mich vor den halb geschlossenen Entenaugen und den blauen Füßen. Langsam bekam ich eine Vorstellung vom Landleben. Angie hackte kurzerhand Kopf und Füße ab und packte alles in einen Plastikbeutel. Ab damit in den Müll. Erst später lernte ich, die Tiere ganz zu verwerten.

»So, weg. Und was machen wir jetzt?«

Ich hatte keine Ahnung, Angie auch nicht. Vorsichtig zog ich an einer Feder. Hoppla, das ging doch ganz gut.

Nach einer Weile hatten wir den Vogel ohne Flämmen sauber gerupft. Nicht, dass ich zu diesem Zeitpunkt gewusst hätte, was Flämmen bedeutet, aber der Vogel wurde trotzdem sauber. Wir packten Gewürze, Kräuter und Butterschmalz in den Bauch und parkten ihn im Ofen.

Bei uns zuhause war es Tradition, dass wir an Heilig Abend erst essen und dann bescheren. So sollte es auch dieses Mal sein. Ich deckte den Tisch mit einer weißen Tischdecke und weißen Stoffservietten. Darüber legte ich blaue Bänder, in denen silberne Sterne glitzerten. Das blau-weiße Geschirr von Miriam und Daniel passte hervorragend dazu.

Die Couch und das Armeleutegrün an Decke und Wänden weniger.

Zur Feier des Tages stießen wir mit einem Glas Champagner an und lobten die delikate Vorspeise. Eine mit Trüffeln gefüllte Entenpastete, selbstgekauft beim Metzger. Sie war köstlich.

Danach brachte ich stolz unsere Kräuterente auf den Tisch. Ein würziger Duft umschmeichelte unsere Nasen.

Andreas säbelte an der Ente herum, Werner zerrte an einem Schenkel. Ich probierte ein Stück. Die Ente war zäh wie Leder und kaum zu schneiden, geschweige denn zu kauen.

Erst im Laufe der Zeit lernte ich mit dem Geflügel vom Bauernhof umzugehen. Die Vögel rennen bei Wind und Wetter im Freien herum und haben ein gut trainiertes Muskelfleisch, das nur durch lange Garzeiten zu bezwingen ist. Es schmeckt ganz vorzüglich, wenn man gewisse Regeln beachtet.

Aber solche Erkenntnisse halfen uns an diesem Weihnachtsabend herzlich wenig. Wir packten die Frankfurter Würstchen ins heiße Wasser und machten eine Dose mit Linsen auf. Auch ganz lecker und macht auch richtig satt.

Ich schenkte Andreas ein handgearbeitetes Keramikschild auf dem „*Maison Chouette*" gebrannt stand. Mit einer Eule drauf, die auf einem Ast sitzt. Von Andreas bekam ich ein buntes Fensterbild. Mit einer Eule drauf, die auf einem Ast sitzt.

Beides wurde am nächsten Tag mit viel Begeisterung an die angestammten Plätze befestigt. Das Eulenhaus zeigte nun innen wie außen sichtbar seinen Namen.

📖

Angie und ich machten uns für die Silvester-Party schön.

»Was meinst du, ist ein Glitzertop zu aufwändig, oder soll ich lieber das schlichte Schwarze anziehen? Oder lieber das Rote?«

Ich konnte mich wieder einmal nicht entscheiden und hatte nur diese drei Sachen zum Ausgehen mitgenommen. Viel zu viel für einen einzigen Festabend, nach den Worten meines Angetrauten.

Angie musterte mich kritisch.

»Ich ziehe ein Gold-Top zur schwarzen Hose an und ein schwarzes Bolero-Jäckchen drüber. Macht dir das die Auswahl leichter?«

Also, wenn Angie in Gold geht, musste bei mir das Glitzer-Top ran. Mindestens. Ich hatte leider keinen passenden schwarzen Bolero, dafür aber sehr viel nackte Schulter. Bisschen viel nackt vielleicht.

Andreas maulte: »Wenn du dich so aufdonnerst, muss ich eine Krawatte anziehen. Ich hasse Krawatten.« Und griff nach dem roten Rollkragenpullover aus Rohseide. Dann ein schräger Blick zu mir: »Den wollte ich anziehen«, Pause mit erneuten Schrägblick, »mach ich auch.«

Ich schmollte, denn Werner sah in seinem eleganten, perlgrauen Seidenblazer einfach umwerfend aus. Dazu trug er ein passendes Tuch im weißen Hemdkragen, schwarze Hose und glänzend schwarze Lederschuhe an den Füßen. Perfekt, wie es sich eben für so einen Anlass gehört.

Mein angetrauter Ehemann versank mit seinem roten Rolli daneben in modische Trostlosigkeit.

Wir waren Punkt acht Uhr im Dorfgemeinschaftshaus und außer dem Bedienungspersonal und einem Diskjockey die einzigen Anwesenden im Saal. Andreas fragte den Kellner, ob wir eventuell am falschen Ort oder zur falschen Uhrzeit gekommen seien. Dieser lächelte kühl und fragte uns, ob wir nicht wüssten, dass erst ab zwanzig Uhr Einlass wäre.

»Ja schon, aber es ist zwanzig Uhr«, meinte mein verdutzter Ehemann.

Wir armen Irren hatten keine Ahnung, dass man in Frankreich grundsätzlich eine halbe Stunde später als zu den angegebenen Zeiten eintrifft. Auch bei privaten Einladungen lässt man der gestressten Gastgeberin noch die obligatorische halbe Stunde Zeit, um sich vor dem Eintreffen der Gäste zu sammeln.

Nun saßen wir also mutterseelenallein an einem der großen runden Tische und bekamen weder etwas zu trinken noch irgendwelche Knabbereien angeboten. Dafür bekamen wir mit, dass in der Küche der *traiteur* einen halben Tobsuchtsanfall bekam, weil irgendein Teil für die Vorspeise fehlte.

Endlich ging die Tür auf und ein weiteres Paar betrat den Saal. Sie hatte ein paar Pfunde zu viel auf den Hüften, dafür ein kniekurzes, weit schwingendes Kleidchen an, das mit einem enganliegenden Oberteil sehr viel Busen zeigte. Monsieur versuchte seine breiten, abgearbeiteten Hände in etwas zu kurze Jackenärmel hinter dem Rücken zu verstecken. Der Anzug kniff am Ellbogen und in den Kniekehlen beträchtlich. Der strenge Duft von Mottenkugeln wehte aufdringlich zu uns herüber.

Urplötzlich ging die Tür Schlag auf Schlag auf, und die Paare überboten sich in ihren Roben und Anzügen.

Da war eine wasserstoffblonde Blondine in einem langen schwarzen Samtkleid und klobigen Schuhen mit breitem Absatz ebenso vertreten wie das Chiffon-kleidchen über nackten, blaurot gefrorenen Beinen in spitzen Pumps. Der Hallux ließ schön grüßen. Dort glitzerte ein mit Pailletten besetztes Jäckchen über einem zu kurzen Etuikleid, das mindestens ebenso viele Jährchen auf dem Buckel hatte wie seine Trägerin. Die Roben waren bunt, viele lang, aber noch mehr viel zu kurz. Die Herren waren fast alle in zu enge, dunkle Anzüge gezwängt und fühlten sich darin sichtlich unwohl.

Unsere drei Nachbarfamilien kamen an unseren Tisch geschlendert. Ob es gestattet sei? Wir waren froh, dass unser Zehnertisch bald mit Leuten besetzt war, die wir kannten und atmeten auf. Die Party konnte beginnen.

Mir fielen vor Schreck die Erdnüsschen aus der Hand, als der Diskjockey volle Pulle an den Knöpfen drehte. Es war laut, und es blieb laut. Wir hatten uns wohlweislich weit weg von der Musik an einen entfernten Tisch gesetzt. Dafür klapperten die Toilettentüren ständig in unserem Rücken. Die Stimmung stieg, und der Lärm wurde noch lauter.

»Darf ich bitten?«

Jean-Jacques forderte mich zu einem langsamen Tanz auf. Er sah sehr gut in seinem dunkelblauen Blazer mit dem dunkelblauen Tuch im Hemdkragen aus. Und er war auch ein guter Tänzer.

Jacqueline langweilte sich am Tisch mit meinem Ehegatten, dem professionellen Nichttänzer.

Sie sah blendend aus und hatte ein changierendes silberfarbenes, sehr schmal geschnittenes Kleid an, das ihre schlanke Figur umschmeichelte. Dazu silberne, hochhackige Sandaletten und schwarzen Onyx an Hals und Handgelenken. Wie immer sehr edel.

Corinne und Marcel wirkten daneben eher bescheiden.

Aber die Nachbarn aus dem Elsass, die wir bislang kaum gesehen hatten, waren wieder ein prunkvolles Paar. Sie trug knallroten Samt und knallrote Highheels, er einen Blazer aus schwarzem Brokat. Das Ehepaar wohnte im Sommer nur für wenige Wochen in seinem Ferienhaus, und wir kannten nicht einmal ihre Namen.

Zwischen den einzelnen Gängen wurde immer wieder getanzt. Eines muss man den Franzosen lassen: Essen können sie, trinken können sie, und tanzen scheint ihnen auch in die Wiege gelegt zu sein. Wenn der eine oder andere Ehemann drohte schlapp zu machen, was selten genug vorkam, forderten die Frauen sich gegenseitig auf.

»Darf ich bitten?«

Der Fremde mit oder ohne Fräulein Tochter stand plötzlich vor mir und bettelte mit seinen dunklen Samtaugen um einen Tanz. Mir taten schon die Füße weh, aber er hatte unsere vollen Blasen im Clubhaus gerettet. Ich war ihm zumindest einen Tanz schuldig.

»Sie tanzen einfach göttlich, meine Liebe«, säuselte er.

Ich konnte es nicht fassen, der meinte wahrhaftig mich. Ich bin durch meinen Angetrauten des Tanzens eher entwöhnt, denn Andreas ist ein Tanzmuffel wie er im Buche steht. Und wenn er schon mal das Tanzbein schwingt, dann rette sich wer kann. Er hat definitiv andere Qualitäten.

Ich stolperte ständig über die Füße meines ebenfalls ungeschickten Tänzers. Ich hatte schon lange nicht mehr getanzt, und auch er war ziemlich aus der Übung. Aber er machte weiterhin Komplimente und sülzte mich unbarmherzig voll. Nach dem zweiten Tanz hatte ich endgültig genug und flüchtete in die Arme meines Ehemanns.

Endlich schlug es Zwölf. Plötzlich flogen uns kleine Papierkugeln um die Ohren, die aus bunten Papiertrompeten abgeschossen wurden.

Vom Nachbartisch küssten mich wildfremde Menschen auf beide Wangen und wünschten mir ein gutes Neues Jahr.

Dann donnerten ein paar Böller von draußen, und alle stürzten hinaus, um das Feuerwerk zu bewundern. In Frankreich darf man als Privatperson keine Feuerwerkskörper in der Nähe von Fachwerkhäusern zünden, das macht hier hochoffiziell die Feuerwehr.

Und so ging es mit Essen, Trinken und Tanzen weiter.

Wir wankten nach einer kräftigen Zwiebelsuppe kurz nach vier Uhr morgens todmüde in unsere Betten.

Das also war unsere erste Silvesternacht in Frankreich gewesen.

Zwei Tage später waren die Kisten und Koffer gepackt, das Eulenhaus verschlossen, und wir fuhren wieder in Richtung Deutschland.

Dort wartete eine große Überraschung auf mich. Mein Verlag schlug mir vor, einige Monate in Frankreich zu verbringen, um ein Buch über Feste, Märkte und Markthallen in der Champagne zu schreiben.

Andreas war sofort Feuer und Flamme.

»So etwas kannst du dir nicht entgehen lassen. Ich rufe dich jeden Tag an und besuche dich alle drei

Wochen an den Wochenenden, versprochen. Du glaubst gar nicht, wie sehr ich dich beneide.«

Und so fuhr ich im nächsten Jahr in unser französisches Dorf und verbrachte einen ganzen Sommer in der Champagne.

Und dort begann eine neue, eine ganz andere Geschichte.

4

Wenn Tina-Lisa sich etwas in den Kopf gesetzt hatte, gab es kein Entrinnen.

»Das Auto ist schon bis zum Dach rappelvoll, und ich muss außerdem noch mein Notebook und den neuen Drucker mitnehmen«, versuchte ich einzuwenden.

Ihre kohlschwarzen Augen funkelten mich an: »Ich brauche für die paar Wochen nur eine Reisetasche, und die kann ich notfalls auch auf den Schoß nehmen.«

Ich hielt dagegen: »Außerdem muss ich ständig rumfahren, um zu recherchieren und brauche Ruhe und Konzentration zum Schreiben. Ich muss mir meine Zeit so einteilen können, wie ich sie brauche.«

»*No problem*«, sagte Tina-Lisa, »ich werde dich nicht stören.«

Und dabei blieb es.

Wie gesagt, wenn Tina-Lisa sich etwas in den Kopf gesetzt hatte, blieb einem nur noch das finale Abnicken.

»Okay, dann machst du den Proviant mit Brötchen, Wurst und Käse, alles ohne Butter bitte, und Milchkaffee.« Sie trank ihren Kaffee immer nur schwarz. Ich holte meinen letzten Trumpf aus dem Ärmel: »Und du kümmerst dich in Frankreich um die Mahlzeiten und den Garten.«

Selbst mein stärkstes Argument, ihr das so sehr verhasste Kochen und die Gartenarbeit aufzudrücken, hielt sie nicht von ihrem Vorhaben ab. Sie blieb dabei, und Andreas unterstützte fleißig ihre Beharrlichkeit.

Damit war Tina-Lisas Anwesenheit während meines Arbeitsurlaubs eine rechtskräftig beschlossene Tatsache.

Am Abreisetag stand Tina-Lisa an der Haustür mit dem versprochenen Proviant in der Tasche.

In einer anderen waren Schuhe. Und in einer weiteren Kosmetik, Fön, Bürsten, Shampoos, sowie an die zehn Tuben Hautcreme und unzählige Lippenstifte. Zusätzlich gab es noch einen prallvoll gepackten Koffer. Und der übernahm den Platz für eine Kiste Bücher, die ich eigentlich mitnehmen wollte.

Meine beste Freundin überlud meinen alten Peugeot hoffnungslos mit ihrem überflüssigen Kram und fand das auch noch in Ordnung.

»Tina-Lisa!«, ich war reichlich empört.

Im Innenspiegel hatte ich nur noch Berge von Gepäck im Visier, aber keinen Durchblick mehr nach hinten.

Tina-Lisa quetschte sich auf den Vordersitz, und ich klemmte ihr zwei Taschen zwischen die Füße, eine dritte hinter ihre Kopfstütze. So, Strafe muss sein.

»Passt doch prima«, sie strahlte mich mit knallrot geschminkten Lippen und einem breiten Lächeln an und zwängte ihre opulenten 120 Kilo Lebendgewicht bequemer in den Beifahrersitz.

Tina-Lisa war ohne Frage übergewichtig, aber mit knapp 1,80 Meter gut proportioniert und knackig durchtrainiert.

Die Fahrt verlief ruhig. Wenig Verkehr und strahlender Sonnenschein begleiteten unseren Weg. Irgendwann legte ich Joe Cocker in den CD-Player und drehte die Lautsprecher voll auf. „Unchain my heart" dröhnte die Stimme aus den Boxen, und wir grölten aus vollem Hals mit.

Die Zeit verging wie im Flug.

Ankommen, auspacken und Essen gehen. Der Wirt vom Dorfkrug empfing uns mit offenen Armen, und ein Blick auf Tina-Lisa genügte, um ungefragt das Beste aus Küche und Keller zu holen.

Nach dem Abendessen landeten wir mit einer Flasche Chateau Terrasson vor dem Kamin im Wohnzimmer.

»Nee, oder? Du wirst doch nicht mitten im Sommer ein Kaminfeuer anmachen?«

Tina-Lisa schaute mir ungläubig zu, wie ich das Kaminholz aufschichtete und ein Zündholz anriss. Dann öffnete ich alle Türen und Fenster, machte die Flasche Rotwein auf und zündete die Kerzen im Kronleuchter an. Seufzend setzte ich mich in den Sessel und streckte die Beine aus.

»So isses gut«, ich prostete ihr zu, »morgen Abend sind wir bei unserem Nachbarn zum Essen eingeladen.«

»Dem Sänger?«

Ich nickte. »Jawohl ja, dem Sänger.«

Es hatte ein Weilchen gebraucht, bis Andreas und ich den Durchblick über unsere Nachbarschaft hatten.

Jean-Jacques war Architekt im Ruhestand, der in seiner jugendlichen Blütezeit der Frontsänger einer ziemlich bekannten Band gewesen war. Vor ein paar

Jahren hatten die alten Herren eine Retrospektive mit erfolgreichen Revivals gemacht, und die ergrauten Alt-Rocker ließen es für kurze Zeit noch einmal so richtig krachen.

Danach zog sich Jean-Jacques mit seiner Frau aufs Land zurück, genossen die Ruhe, und wir wurden Nachbarn.

Morgen Abend waren wir also zum Essen eingeladen. Jean-Jacques war nicht nur ein erfolgreicher Architekt und begnadeter Sänger, er konnte auch ausgezeichnet kochen. Ich freute mich mächtig auf die Einladung.

Die leidige Frage des Gastgeschenks und der Kleidung beschäftigte uns am folgenden Tag. Ich grub eine Flasche Schwarzwälder Kirschwasser aus den Kellerbeständen und Tina-Lisa nervte mich in Sachen Kleiderfragen.

»Rote Samthose und schwarzes Top? Oder lieber schwarze Hose und Silberlamee? Oder roter Mohn auf schwarzem Grund und rote Hosen? Oder schwarzer Samt ...?«

Himmel hilf, was hatte diese Frau denn noch in ihren Koffer gepackt?

»Tina-Lisa, das ist eine Einladung zum Abendessen auf der Terrasse unserer Nachbarn. Eine laue Sommernacht in einem französischen Dorf ist kein Galadinner in der Frankfurter Oper.«

Meine Freundin schmollte und suchte den passenden Lippenstift. Sie hatte sich schließlich für die roten Hosen und ein kurzes Jäckchen mit rotem Mohn auf schwarzem Grund entschieden. Dazu rote Sandaletten, die ihre 1,80 Meter Gardemaß auf lumpige zwei Meter aufzustocken schienen.

Jean-Jacques empfing uns mit weit offenen Armen und stellte uns seinen Bruder Maurice vor. Jacqueline war, wie immer, ganz Grande Dame und nahm das Obstwässerchen dezent lächelnd in Empfang.

Bruder Maurice küsste mich zweimal links und zweimal rechts auf die Wangen, wobei er sich erheblich auf die Zehenspitzen stellen musste. Ich ging dabei leicht in die Knie. Man will ja nicht unhöflich sein.

Maurice entpuppte sich im Laufe des Abends als ein Mann von Welt, ein international anerkannter Bildhauer, und auch ein äußerst charmanter Plauderer.

Tina-Lisa verstand kein Wort, da sie der französischen Sprache nicht mächtig ist. Was Maurice aber nicht davon abhielt, ihr auffällig den Hof zu machen und ständig neuen Champagner nachzuschenken. Er ließ sie nicht mehr aus den Augen, und es knisterte bald gewaltig zwischen den beiden.

Tina-Lisa war mit ihrer imposanten Größe, ihren üppigen Formen und ihrer eigenwilligen Art sich zu kleiden, eine Augenweide. Ich konnte das glühende Begehren des kleinen Mannes gut verstehen. Es ist ja allgemein bekannt, dass kleine Männer oft auf große Frauen abfahren.

Meine Freundin drehte mächtig auf, was bei dem vielen Nachschenken auch kein Wunder war.

Irgendwann zogen sich die beiden in einen stillen Winkel des üppig blühenden Gartens zurück und verstanden sich prächtig in ihrem englisch-französischen Kauderwelsch.

Später wohl auch ganz und gar ohne Worte.

📖

Ich hatte am nächsten Morgen einen mächtigen Brummschädel und konnte mich absolut nicht mehr daran erinnern, wann und wie ich über die Straße ins Haus, will heißen ins Bett gekommen war.

Mein Mund fühlte sich an wie ein Männerklo, und ich erinnerte mich an sehr viel Alkohol und nur noch vage an das vortreffliche Abendessen. Nach einem gut gemixten Aperitif oder auch mehreren, gab es reichlich Champagner, dann Weißwein und dazu …? Fisch! Richtig, Jean-Jacques hatte einen prachtvollen Zander auf den Tisch gebracht, den er selbst gefangen hatte und der mir langsam wieder in Erinnerung kam.

Meine inzwischen reichlich verwöhnten Geschmacksknospen zersprangen in Gedanken auf der Zunge, erreichten flugs meinen Gaumen und hüpften dann in meinem Kopf herum. Ich erinnerte mich, das Essen war köstlich, ganz köstlich gewesen, und Maurice und Tina-Lisa …

Teufel noch eins, Tina-Lisa! Ich konnte mich nicht erinnern, dass sie mit mir ins Haus zurückgekommen war und sprang mit beiden Füßen aus dem Bett.

Ich rannte ins Gästezimmer. Leer. Das Bett lag unberührt vor mir, und das Bettzeug lächelte mich unschuldig und knitterfrei an.

Fetzen romantischer Szenen durchrasten meinen schmerzenden Kopf. Maurice und Tina-Lisa… Da waren erst nur flüchtigen Berührungen, dann tiefe Blicke, dann das immer fühlbarere Knistern zwischen den beiden. Und irgendwann waren sie verschwunden, einfach weg.

Und keiner fragte nach.

Ich blickte auf die Uhr. Zwölf Uhr fünfzehn. Mittagszeit. Ich schaute in jedes Zimmer – nichts. Ging durch die Hintertür in den Garten, rannte durch die Büsche – wieder nichts. Weit und breit keine Tina-Lisa.

Jean-Jacques schlurfte sichtlich angeknackst über die Straße und rief schon von weitem: »Hast du Maurice gesehen?«

Ich zupfte aufgeregt an meinen Fingern und setzte nach: »Wieso Maurice? Hast du Tina-Lisa gesehen?«

Jean-Jacques schaute mich verständnislos an: »Wieso Tina-Lisa? Was habe ich mit Tina-Lisa zu tun?«

Irgendwann kamen wir drauf, dass die beiden weg waren. Zusammen weg waren.

Und sie blieben weg. Die nächsten Stunden, die nächsten Tage. Wir machten uns echte Sorgen.

Tina-Lisas Handy lag auf dem Nachttisch in meinem Gästezimmer, Maurice hatte seins mitgenommen, ging aber nicht dran.

Nach fünf endlos langen Tagen klingelte das Telefon. Mein Nachbar Jean-Jacques meldete sich tiefbesorgt bei mir: »Maurice hat eben angerufen. Die beiden sind in Paris. Schon seit fünf Tagen und vier Nächten. *L'amour pur*, wie Maurice sich auszudrücken pflegte. Aber heute Morgen haben sie sich mächtig gestritten, die Fetzen sind geflogen, und Tina-Lisa ist abgereist.«

Ich fragte ungläubig nach: »Wie gestritten, ohne des Anderen Sprache zu verstehen? Und überhaupt, wieso abgereist und wohin?«

Er konnte mir die Fragen auch nicht beantworten und verabschiedete sich kurzerhand. Ganz klar, das war in seinen Augen alles meine Schuld.

Ich versuchte Tina-Lisa auf dem Festnetz zu erreichen, aber es meldete sich nur ihr Anrufbeantworter. Dann versuchte ich es bei mir zuhause in Deutschland. Auch hier nur der Anrufbeantworter. Auf Andreas Handy meldete sich ebenfalls nur die Sprachbox. Ich rief in regelmäßigen Abständen bei Tina, meinem deutschen Zuhause und auf dem Handy meines

Mannes an. Es meldeten sich immer nur die Anruf-beantworter.

Ich machte mir jetzt zweifache Sorgen: Erstens, wo war Tina-Lisa? Und zweitens, wo war mein Mann?

Endlich erreichte ich Andreas. Es war kurz nach Mitternacht. Er habe sich mit Freunden getroffen und sei danach irgendwie versackt. Von Tina-Lisa habe er nichts gehört, und er mache sich nun ebenfalls Sorgen.

Die Nacht war ein einziger Albtraum.

Am nächsten Tag klingelte kurz vor Mittag das Telefon. Es war Tina-Lisa.

In ihrer Stimme klang eimerweise Empörung: »Stell dir vor, der hat schon das Aufgebot bestellt. Ich kenne den Kerl gerade mal ein paar Tage, und er präsentiert mir zum Frühstück einen Zweikaräter und eine Einladung zum Mittagessen bei seiner Mutter. Der hat sie doch nicht mehr alle.«

Mir fiel erst einmal ein Stein vom Herzen. Das war meine Freundin, wie sie leibt und lebt.

»Was ist denn daran so schrecklich Verwerfliches, wenn man einen Heiratsantrag und Diamanten geschenkt bekommt und außerdem der Schwiegermutter in spe vorgestellt werden soll? Andere warten auf so was jahrelang ohne nennbaren Erfolg.«

Tina-Lisa schnaubte ins Telefon: »Aber ich kenne den Kerl doch gar nicht.«

»Na ja, immerhin bist du mit ihm durchgebrannt, hast volle fünf Tage mit ihm verbracht und vier Nächte mit ihm geschlafen. Unsympathisch ist er dir offensichtlich nicht.«

Sie holte tief Luft: »Es war himmlisch, ach was, einfach bombastisch. Wir waren fünf Tage im George V, und das Hotel hat mindestens fünf Sterne. Die meiste Zeit waren wir im Bett, und da ist er eine Granate. Aber er lebt in Paris noch bei seiner Mutter. Stell dir vor, ein Mittfünfziger lebt noch bei seiner Mutter! So ein Muttersöhnchen, so ein Schlappschwanz. Wie soll denn sowas mit mir gehen?«

Ich wusste von Jean-Jacques, dass die Beauforts ein großes Patrizierhaus aus dem 19. Jahrhundert auf der Ile St. Louis in Paris ihr Eigen nannten.

Sein Bruder bewohnte ein großzügiges 6-Zimmer-Atelier im Dachgeschoss, die Mutter eine 200 Quadratmeter große Suite in der *bel étage*. Das Zwischengeschoss wurde von einer Concierge bewohnt, die für unseren dörflichen Nachbarn Jean-Jacques die opulenten Räumlichkeiten im Parterre pflegt, damit er die Wohnung bei seinen gelegentlichen Besuchen in Paris als Stadtwohnung nutzen konnte.

Ich erklärte ihr, zugegebenermaßen auch ein wenig schadenfroh, alle familiären Einzelheiten.

Und dann: »Nun krieg dich mal wieder ein, es könnte Schlimmeres geben.«

Tina-Lisa wurde zunehmend kleinlauter: »Du meinst, er hat eine eigene Wohnung und wohnt nicht mit seiner Mutter zusammen?«

Ich schüttelte resigniert den Kopf.

Mal ehrlich, da läuft ihr so ein stinkreicher, offensichtlich völlig in sie vernarrter französischer Adeliger über den Weg, macht ihr einen Heiratsantrag, und diese dumme Nuss rennt ihm einfach davon.

»Komm so schnell wie möglich nach Frankreich zurück«, war mein gutgemeinter Rat.

Sie wimmerte: »Aber was soll ich denn jetzt machen? Ich kann doch kein Französisch. Wie soll ich ihm das erklären? Und dazu noch seiner Mutter?«

Sie tat mir leid, und ich fasste einen Entschluss.

»Du packst jetzt deine Sachen und kommst zu mir. Ich versuche inzwischen Maurice alles zu erklären, um das Missverständnis aus der Welt zu schaffen. Dann sehen wir weiter.«

Sie versprach zu kommen.

Ich rief Maurice an und erläuterte Tina-Lisas Verhalten mit vielen Worten und noch mehr Entschuldigungen. Preußische Erziehung und so. Er setzte sich sofort in sein schickes Cabriolet und kam in unser Dorf zurück, wo er ungeduldig auf die Rückkehr seiner Angebeteten wartete.

Aber Tina-Lisa hatte entweder Schiss oder zu tun, es dauerte jedenfalls eine Weile, bis sie mich anrief, um ihre Ankunft anzukündigen.

Ich saß derweil vorm Haus, und versuchte mich auf meine Berichte zu konzentrieren. Ich war ziemlich in Verzug, und der Verlag fing bereits an zu nörgeln.

Von dem stetigen Lärm einer Kettensäge bekam ich langsam Kopfschmerzen. Völlig entnervt klappte ich meinen Laptop zu. Seit Tagen versuchte so ein rücksichtsloser Zeitgenosse seinen Obstgarten umzulegen. Die Säge kreischte unbarmherzig, und ich konnte den Übeltäter einfach nicht orten. Der Lärm brach sich mehrfach an den umliegenden Scheunenwänden, und ich dachte voller Wut an den Missetäter und die armen, brütenden Vögel.

Als ich Tina-Lisa in Bar-le-Duc vom Bahnhof abholte, war sie ganz klein mit Hut, aber noch gut erkennbar bis über beide Ohren verliebt.

Auf dem Rückweg machten wir erst in einem kleinen, verwunschenen Landgasthof Rast und sprachen uns aus. Ich wusch ihr noch einmal gründlich den Kopf und erzählte von Maurice, der nach ihrer Abreise völlig durch den Wind war und sie immer noch heiraten wollte.

Er hatte sich in die alte Scheune seines Bruders verkrochen und ging aller Welt aus dem Weg. Tina-Lisa hatte wohl ganze Arbeit geleistet und den kleinen Mann völlig aus der Bahn geworfen.

Es war bereits weit nach Mitternacht, als wir in die Betten fielen.

Ich deckte am nächsten Morgen den Frühstückstisch auf der kleinen Terrasse vor dem Haus: selbstgemachtes Quittengelee, Butter und frische Eier vom Bauern, Obst vom Markt, und knusprige Croissants.

Ich stellte einen bunten Feldblumenstrauß auf den Tisch und freute mich in der Morgensonne auf ein ausgiebiges Frühstück mit meiner besten Freundin.

Als ich zum Nachbargrundstück rüber blinzelte, schwappte mir der Kaffee auf die geblümte Tischdecke.

In Nachbars Garten stand Tina-Lisa, ungefähr drei Meter hoch, hinterm Zaun. Ihre schwarze, wallende Mähne fiel in großen Locken auf die Schultern. Ansonsten war sie nackt, splitterfasernackt. Sie reckte ihren wunderbaren Körper aus glatt poliertem Holz, in azurblauer Farbe angemalt, mit hoch erhobenen Armen in den Himmel. Ihr knallrot geschminkter Mund klebte auf der rechten Pobacke, das linke Auge zierte ihren Bauchnabel und ein Fuß wuchs aus ihrem rechten Ohr. Eine Brust hing tief bis zur Ferse, die zweite zierte eine überdimensionale, spiralförmige, kackgrüne Brust-warze.

Ich ächzte leicht und klappte den Mund wieder zu. Mir war klar, wenn Tina-Lisa das Werk ihres verliebten

Gockels zu sehen bekam, würde er schneller geschieden sein als er verheiratet war. Dachte ich.

Aber Tina-Lisa fühlte sich geschmeichelt, Tina-Lisa war entzückt, Tina-Lisa war begeistert. Ebenso sämtliche Dorfbewohner, die - wie die Touris vom See - im Laufe des Tages scharenweise angepilgert kamen, um das Werk des durchgeknallten Künstlers zu bestaunen.

Ich traute mich kaum noch aus dem Haus und nahm mir vor, mich nie-nie-wieder in die Angelegenheiten meiner Freundin einzumischen.

Tina-Lisa hatte drei Tage später ihre Koffer gepackt und war mit Maurice nach Paris gefahren, um ihre zukünftige Schwiegermutter kennenzulernen, und um einen Crashkurs in Französisch zu belegen. Ihre sporadischen Telefonate beschränkten sich auf kurz gefasste Berichte über ihren anbetungswürdigen zukünftigen Ehemann, ihrer reizende Schwiegermutter und die großzügige Stadtwohnung. Sie hatte immer weniger Zeit mit mir zu telefonieren, denn die Vorbereitungen ihrer Hochzeit liefen inzwischen auf Hochtouren.

Auch ich hatte dringend zu arbeiten. Mein Auftraggeber erwartete authentische Berichte über Feste, Märkte und Markthallen aus der Champagne, und die Zeit drängte.

Man hatte mir von einem Blumenmarkt in der Nähe von Bar-sur-Aube erzählt, der wegen seiner Blumenfülle und seines ausgesuchten Gartenzubehörs jedes Jahr gerne besucht wurde.

Also machte ich mich auf den Weg.

Die Fahrt führte durch blühende Rapsfelder und leuchtenden Mohnblumenwiesen, über verwunschene Dörfer bis in die südlichen Bergzüge der Champagne.

Kurz vor dem ersten Bergkamm der Champagner-Metropole sah ich schon die parkenden Autos im Tal.

Ich fand keinen Parkplatz und quälte mich im Schritttempo durch die Menge. Bald wurde mir klar, dass ich hier nichts zu suchen hatte; ich musste eine Absperrung übersehen haben. Aber niemand schlug an mein Auto, niemand verbog mir die Außenspiegel, und niemand sprach mich unfreundlich an. Die Menschenmasse machte mir bereitwillig den Weg frei und lächelte mir freundlich durch das offene Seitenfenster zu.

Mit hochrotem Kopf murmelte ich abwechselnd »*Excusez-moi*« oder »*Pardonnez-moi*» in die Menschenmenge.

Man machte mir, der deutschen Touristin in ihrem uralten Peugeot, geduldig Platz und grüßte freundlich zurück.

Die Fahrt durch das Getümmel war mir trotzdem oberpeinlich. Endlich fand ich einen Parkplatz und bummelte den Weg zu Fuß zurück.

Kleine Tische säumten den Straßenrand, die bislang ein tristes Leben in Küchen, Lauben oder Kellern gefristet hatten und nun mit Stecklingen und Samentütchen überladen waren. Bunt bepflanzte Kübel boten eine farbige Blumenpracht, und die obligatorischen Holz- und Plastikkisten mit dem eigenen Gartengemüse fanden dazwischen auch noch irgendwie Platz. In langen Reihen präsentierten sich ausgefallene Gartendekorationen aus Holz und Ton, sowie Kunstvolles aus geschmiedetem Eisen, das darauf wartete, einen bislang öden Garten zu verschönern.

Überall boten fröhliche Verkäufer kulinarische Köstlichkeiten an. Da frittierte eine rotwangige Landfrau Zucchiniblüten, dort wurde aus Holzöfen warmer Zwiebelkuchen serviert. Junge Burschen grillten dicke Bauernwürste, und Winzerstände lockten mit offenem Ausschank. Es duftete nach frischem Brot und Käsesorten aller Provenienzen.

Ich bekam langsam Hunger und fand, mit einem Blick auf das Gedränge, neben einem älteren Ehepaar ein freies Plätzchen. Ich bat sie, mir den Platz frei zu halten und stürzte mich ins Getümmel.

An der Kasse holte ich mir meine Verzehrbons.

Es wurde langsam heiß, und ich balancierte schwitzend eine dicke Wurst, eine halbe Baguette und eine Ecke Käse, sowie ein Glas Champagner an meinen Platz.

Ich bedankte mich bei dem Ehepaar fürs Freihalten und ließ es mir schmecken.

Neugierig betrachtete ich die Leute um mich herum.

Junge Familien mit quengelnden Kindern, alte Ehepaare, die sich an den Händen hielten, und lärmende Jugendliche strömten fortwährend an mir vorbei. Es wurde immer lauter, je mehr Menschen sich zum Essen einfanden.

Gutes Essen ist in Frankreich Bürgerpflicht, und dafür nimmt sich der Franzose alle Zeit der Welt.

Ich beobachtete eine alte Frau, die ihren Hund mit Wursthäppchen fütterte und sich dabei angeregt mit ihm unterhielt.

Mein Handy klingelte. Andreas war dran und begann mit langatmigen Erklärungen. Vor Empörung zitterte das flache Gerät in meiner Hand. Ich versuchte mich mit Mühe zu beherrschen.

»Habe ich dich richtig verstanden, du kannst nicht zu Tina-Lisas Hochzeit kommen, weil dein dämlicher Kollege krank geworden ist? Und dass du jetzt für ihn einspringen musst, um irgend so eine blöde Ferienfreizeit mit seinen pubertierenden Schülern zu retten?«

Meine unmittelbare Nachbarschaft merkte an meinem Tonfall, dass irgendwas nicht stimmte.

»Du willst mir doch nicht erzählen, dass es in eurer blöden Schule keinen einzigen Ersatz, außer deiner hochwohlgeborenen Persönlichkeit gibt, oder wie?«

Andreas versuchte mich zu beruhigen. Er sei der Einzige aus dem Lehrkörper, der keinen Ferienflug ins Ausland gebucht habe und der gut genug Französisch spreche, um die Bande unbeschadet durch die französischen Freizeiten zu bringen. Außerdem kenne er

Grasse ziemlich gut, er wäre ja schon ein paarmal dort gewesen, zu Chantals Zeiten.

Wie bitte? Chantal? Jene Chantal, die angeblich anno Schieß-mich-tot nur eine platonische Austausch-schülerin gewesen war?

Mir schwoll der Kamm, meine Stimme wurde noch lauter, und ich sagte ein paar sehr unfeine Worte.

Andreas legte kommentarlos auf.

Ich war am Boden zerstört. Wie sollte ich Tina-Lisa beibringen, dass der Mann ihrer besten Freundin nicht zu ihrer Hochzeit kommen konnte oder wollte? Sie hatte alles so schön geplant, und dass Andreas in den Schulferien unabkömmlich sein könnte, war für uns nie ein Thema gewesen.

Ich war unglaublich wütend und aufgebracht und rief meine Freundin an. Aber Tina-Lisa hörte mir gar nicht richtig zu. Sie war völlig aus dem Häuschen und plapperte munter drauflos.

»Ich habe auch Neuigkeiten. Also, du bleibst einfach Trauzeugin, und für Andreas finden wir schon noch einen Ersatz. Du kommst mit dem Zug zur standes-amtlichen Trauung nach Paris, danach fahren wir zusammen zurück ins Eulenhaus. Jean-Jacques hat uns eingeladen, die kirchliche Hochzeit ganz groß in eurem Dorf zu feiern. Mit allem Pipapo, Baldachin in der Entenfarm, weiße Tauben, Empfang und Galadinner. Die Künstlerkollegen von Maurice werden aus ganz Frankreich kommen, und stell dir vor, Johnny wird auch kommen. Johnny hat zugesagt, für meine Hochzeit das Ave-Maria in der Kirche zu singen.«

Sie war völlig aufgelöst.

Ihr Schwager in spe hatte es tatsächlich geschafft, Frankreichs berühmteste Rocklegende für ihre Hochzeit einfliegen zu lassen, um das Ave-Maria zu singen. Alte Verbindungen, alte Freundschaften oder so …

Na bitte, wenn das kein Hochzeitsgeschenk ist!

Ich hatte noch keins, und auf Andreas Vorschläge konnte ich derzeit nicht mehr zählen.

Das Wochenende begann, und Andreas war telefonisch nicht mehr erreichbar. Auch nicht am nächsten Tag.

Es tat mir schon lange wieder leid, dass ich ihn so angeschrien und ihm so unfeine Worte an den Kopf geschmissen hatte.

Ach Andreas, du fehlst mir so sehr und unsere täglichen Telefonate auch. Bitte, bitte rufe mich an.

Ich versuchte es mehrmals über das Festnetz und auch übers Handy. Beide Anrufbeantworter nahmen geduldig meine Nachrichten entgegen, aber es gab keinen Rückruf.

Erst am Montag rief Andreas zurück und erklärte mir kühl, dass er das Wochenende bei seinem Freund Klaus verbracht habe. Es sei nett gewesen und viele Grüße auch an mich.

Was soll ich sagen? Wir versöhnten uns wieder, und ich maulte nicht weiter rum wegen der vermaledeiten Freizeiten in Grasse. Aber es klang auf beiden Seiten ein wenig bemüht.

📖

Derweil rannte ich von einem Marktgeschehen zum anderen: Wochenmärkte, Blumenmärkte, Weinmärkte und Flohmärkte. Am besten gefielen mir die überdachten Wochenmärkte, mitten in den Dörfern, wo das Leben pulsierte und trotzdem keine Hektik aufkam. Man schwatzte mit den Beschickern, mit Freunden, mit Nachbarn, aber auch mit wildfremden Menschen. Man war in diesem Fall ich, und ich erfuhr Nennenswertes über vergessene Gemüsesorten, die besten Methoden zur Schneckenvernichtung, und warum die Trüffelmärkte erst im späten Herbst stattfinden.

Ich füllte den eigenen Weinkeller mit auserlesenen, heimischen Weinen und machte so ganz nebenbei viele nette Bekanntschaften. Nebenher fotografierte ich und schrieb mir die Finger wund. Dabei leerte sich der gerade aufgefüllte Weinkeller wieder zusehends.

Mitten im Sommer besuchte ich einen Käsemarkt, der mir und der geneigten Leserschaft die französischen Käseköstlichkeiten näherbringen sollte. Eine wahrhaft dufte Angelegenheit bei mehr als 30 Grad im Schatten.

General de Gaulle, der große Staatsmann der Franzosen, soll einmal gesagt haben: »Wie kann man ein Volk regieren, das mehr Käsesorten als Tage im Jahr hat?«

Inzwischen soll es mehr als 1000 Käsesorten im Land der Gallier geben, die darauf warteten, von mir erklärt zu werden.

Um es vorweg zu nehmen, ich schaffte nicht alle. Aber ich schaffte mir gut und gerne ein paar Kilo mehr auf die Rippen. Frei nach dem Leitspruch der Franzosen für die angenehmen Dinge im Leben: *Du pain, du vin et du boursin.*

Ich erfuhr, dass man einem gewissen deutschen, etwas übergewichtigen Europaparlamentarier auf ewig dankbar sei, weil er den französischen Rohmilchkäse vor der Regulierungswut des Europäischen Parlaments gerettet habe. Und ich bekam zu Ohren, dass man zu einigen Käsesorten besser einen süßlichen Weißwein reicht, als einen schweren Roten.

Wenn man von den schnuppernden Nasen der Marktbesucher, den flanierenden Fliegen und der brütenden Hitze absah, waren die Käsemärkte eine kulinarische Offenbarung. Ich ließ die berühmten Sorten wie *bleu d'Auvergne, crottin de Chavignol, Livarot, Maroilles, Reblechon, Roquefort, Vacharin*, und wie sie alle sonst noch hießen, einfach links liegen und stürzte mich auf Regionales wie *brie de Meaux, Chaource, Chevillon, Coulommiers, Èpoisses, fromage de Langres, Morbier, tomme du Bougnat, Vignotte*, und auch eine cremige Köstlichkeit namens *Faisselle*.

Auf Empfehlung eines Marktbeschickers besuchte ich eine kleine Familienkäserei, nicht weit von einem waldreichen Bergzug entfernt, den die Einheimischen liebevoll „*La petite Suisse*" nennen.

Ihr göttlicher Käse ist nach dem unpretiösen Dorf Chevillon[5] benannt, in dem die Käserei arbeitet. Eine lange, nicht enden wollende, ziemlich öde Straße, links und rechts mit hässlich verputzten Dorfhäuser gesäumt - und schon ist man mitten durch.

Kurz vor dem Dorfende bog ich rechts in eine kleine Straße, dann wieder rechts, an unschönen, dreistöckigen Sozialbauten vorbei, und schon sah ich die Käserei, einen ebenso hässlichen wie zweckmäßigen Industriebau.

Ein großer Parkplatz empfängt die Besucher an vier Werktagen in der Woche, und halb Frankreich kauft in dem kleinen Verkaufsladen am Wochenende ein.

Die Hausmarke, der fluffige, weiße *fromage de Chevillon*, zerschmilzt auf der Zunge und ist vor Ort für

Fußnote[5]: Die Käserei ist inzwischen innerhalb der Ortschaft umgezogen und verfügt über neue Fabrik- und Verkaufsräume, die unter der Woche täglich geöffnet sind. Auch die Preise haben sich inzwischen verändert.

9,00 Euro pro Kilo in drei Reifegraden erhältlich. Besagter Verkaufsladen bietet zusätzlich an die hundert Sorten Käse aus allen Teilen Frankreichs an. Zwei flinke Damen haben alle Hände voll zu tun, um dem Appetit ihrer Kundschaft gerecht zu werden.

Der freundliche Betriebsleiter stülpte mir durchsichtige Plastikverhüterlis über die Straßenschuhe, hüllte meinen frisch geschnittenen Bob in eine flache, äußerst unkleidsame Plastikhaube mit Gummizug und steckte mich kurzerhand in eine Art Vliesoverall, der mich sofort zehn Kilo dicker erscheinen ließ. So gerüstet stapfte ich durch die kalten Produktionshallen, schlidderte über nasse Fliesen an Reiferegalen vorbei, wo handliche Laibe vor sich hinschlummerten, und ließ mich in die Geheimnisse der französischen Käseproduktion einweihen.

Zum Schluss packte ich mir die mitgebrachte Kühltasche voll und fuhr zu einem Mühlengarten, den mir mein Nachbar wärmstens ans Herz gelegt hatte.

Durch einen üppigen Mischwald mit sonnigen Grashängen, an denen ich rot blühendes Knabenkraut entdeckte, erreichte ich über haarsträubend steile

Nadelkurven das malerische Anwesen mit etwas zittrigen Knien.

Jean-Jacques erklärte mir später, dass diese Strecke einmal im Jahr als Rennstrecke für eine weitbekannte Autorallye genutzt wird. Na bravo, das hätte ich früher wissen müssen.

Am Fuß der spärlich bewaldeten Felsen, von kleinen Bachläufen umgeben, erstreckte sich das weitläufige Anwesen. Rund um das rosenbewucherte, aus grobem Kalksandstein gemauerte Hauptgebäude, plätscherten zwei Bächlein, drehte sich ein Mühlrad, und ein kleiner Wasserfall ergoss sich über ein Wehr donnernd in den Mühlteich.

Der Besitzer hatte neun Gartenbereiche gestaltet, die er zu gepfefferten Preisen für Besucher öffnet.

An die fünfhundert Rosensorten blühten in einem roten, in einem weißen und einem bunt gemischten Rosengarten. Verschiedene Blumen und Stauden luden an gewundenen Wegen, in kunstvoll gestalteten Beeten, in Töpfen auf abenteuerlich gezimmerten Holzbänken, in geflochtenen Körben, auf gemauerten Steinmauern und als Umrandung an romantischen Lauben, zum Staunen ein. Ein kleiner Teich schillerte inmitten gelber und blauer Teichlilien, und bunte Kois huschten in flirrenden Farben durch glasklares Wasser. Der Gemüsegarten versprach mit Zucchini, Artischocken, Kürbissen und vielen Kräutern eine reiche Ernte im Herbst. Die Beete waren mit gekreuztem Weiden-geflecht eingezäunt, und man wollte das gedrillte Spalierobst am liebsten gleich pflücken. Eilige Laufenten lärmten querbeet und machten auf Nacktschnecken Jagd. In einem neuen Steingarten wiegten sich grüne Gräser, gelbe Gräser, rote Gräser, und Gräser mit puscheligen Quasten in kargen Sandinseln leicht im Wind. Andere Gräser hatten lila Spitzen oder lange Fäden an den Enden. Wieder andere kringelten sich in Spiralen.

Ich war hungrig und kaufte mir im standorteigenen Café „*les jardins de mon moulin*" eine Baguette und eine kleine Flasche Rotwein. Mit meinen Schätzen verdrückte ich mich auf eine Bank unter schattigen Bäumen am nahegelegenen Parkplatz und packte den mitgebrachten Käse aus. Satt und glücklich entschwand ich im Fahrersitz meines Autos in das Reich der Träume und gönnte mir ein ausgiebiges Mittagsschläfchen.

Auf dem Rückweg kam ich an einem kleinen Dorfladen vorbei, wo ich eine goldblonde Brioche im Schaufenster liegen sah. Ich dachte an die wundervolle Mandelbrioche, die Andreas in Troyes gekauft hatte und ging in den Laden.

Mit liebevollen Gedanken an meinen Ehemann, brach ich im Auto ein Stück für einen verspäteten Nachtisch ab. Bei dieser Gelegenheit erinnerte ich mich an die vielen gemeinsamen Ausflüge und plötzlich wusste ich, was ich Tina-Lisa und Maurice als Hochzeitsgeschenk mitbringen konnte.

📖

Als ich auf der Autobahn durch das Departement der Marne in Richtung Reims fuhr, verwandelten sich die endlosen Getreidefelder nach und nach in ausgedehnte, kerzengrade aufgestellte Rebstockreihen. Aber die Gegend sah trotz der vielen, grünen Weinstöcke irgendwie öd und langweilig aus. Irgendwo am Horizont standen weit sichtbar die sanften Hügel der *montagne de Reims,* die Wiege des Champagners.

Ich fuhr von der Autobahn ab und zuckelte über imposante Alleen durch blitzsaubere, kleine Dörfer mit weltbekannten Namen. In den Dörfern wechselten sich protzige Prachtbauten aus hellem Kalkstein mit kleinen, verfallenen Dorfhäusern ab. Dazwischen immer wieder üppig blühende Blumen, duftende Rosenstöcke und hölzerne Rüttelständer, die mit dekorativ aufgehängten Blumentöpfen bepflanzt waren. Champagnerbarone und Weinbergarbeiter lebten hier einträchtig Tür an Tür.

Endlich sah ich am Ortseingang das ersehnte Namensschild des Winzerdorfs *Ambonnay*.

Ich war am Ziel meiner Wünsche angekommen.

Das inzwischen reparierte Navi lotste mich durch ein Gewirr kleiner, winkeliger Gassen zu einem einsamen Platz und einem großen, in sich geschlossenen, schmucklosen Hofgebäude. Andreas und ich waren vor Jahren einmal hier gewesen und hatten den besten Champagner aller Zeiten gekostet.

Der Patron erzählte uns seinerzeit, dass eine Vergrößerung nur durch eine Heirat mit anderen Winzerdynastien möglich sei. Der Champagneranbau sei strikt kontrolliert und die Erschließung neuer Anbauflächen fast unmöglich. Man heirate unter sich, vergrößere damit die Produktion und firmiere fortan mit einem Doppelnamen auf den Etiketten.

Ich starrte auf das Firmenschild vor mir. Es kam mir irgendwie fremd vor, und ich brauchte eine Weile bis ich dahinterkam. Auf dem Schild stand in goldenen Lettern nur noch ein schlichtes *Marguet.* Der Doppelname *Marguet-Bonnerave* war verschwunden.

Monsieur Marguet erklärte es mir: Man habe sich entfremdet, man habe sich getrennt und sei jetzt geschieden.

Dürre Worte für eine Zeit voller Enttäuschungen und Schmerz, dachte ich mir.

Er fuhr fort: der Sohn wäre erst seit kurzem im Betrieb, aber die Qualität des Champagners weiterhin superb.

Er füllte mir das Glas, und ich ließ mir die prickelnde Flüssigkeit andächtig durch die Kehle rinnen. Der Champagner war so fulminant wie in früheren Zeiten, und nach einigen Vorschlägen des Patrons hatte ich das richtige Hochzeitsgeschenk für Tina-Lisa und Maurice in den Händen.

Monsieur Marguet hatte eine edle Holzkiste mit zwei Flaschen Jahrgangschampagner und zwei sorgfältig geschliffene Champagnerkelchen aus der royalen Glasbläserei *Bayel* ausgewählt und mir liebevoll präsentiert. Er lächelte stolz.

Mein Lächeln gefror ein wenig, als ich die Kreditkarte durch die Maschine zog. Unser Konto würde eine Weile brauchen, um den geforderten Betrag zu verkraften.

Ich fuhr leicht beschwipst und etwas nachdenklich nachhause.

Endlich hatte ich alle Berichte fertig und an meinen Verlag geschickt. Meine Aufzeichnungen mussten noch durchs Lektorat und für den Arbeitstitel „Feste, Märkte und Markthallen in der Champagne" ein zugfähiger Titel gefunden werden. Dann konnte das Buch endlich auf dem Markt erscheinen.

Gerade noch rechtzeitig, um mit der größten Herausforderung meines Lebens fertig zu werden. Tina-Lisa orderte mich nach Paris, um mir ihr Brautkleid vorzustellen und mich als Trauzeugin vor das Standesamt zu schleppen.

📖

Ich fahre gerne mit dem Zug nach Paris, denn der Verkehr in und rund um die französische Metropole ist selbst für stresserprobte Autofahrer schlichtweg mörderisch. Ich genoss die Fahrt in vollen Zügen und verbrachte die meiste Zeit im bequemen Speisewagen bei leckeren Hors d'Œvres und einem trockenen Pouilly Fumé.

Am Bahnhof Gare de l'Est holte mich Maurice in seinem flotten Sportwagen ab und fuhr in halsbrecherischem Tempo durch die Innenstadt bis zum Quai d'Anjou, wo die Beauforts auf der Ile St. Louis seit Generationen residieren.

Tina-Lisa war nur noch ein Nervenbündel, und ihre hektische Begrüßung ging in einem Wortschwall über organisatorische Abläufe und geplante Einkäufe unter.

Ich floh erst einmal ins Gästezimmer.

Das bodentiefe Fenster belohnte mich mit einem zauberhaften Blick auf die Seine und den Pont Marie. Das Marais, eines der ältesten Stadtviertel von Paris, begrüße mich auf der anderen Seite des Flusses mit malerischer Schönheit und reich verzierten Stuck-gebäuden aus dem 19. Jahrhundert.

Tina-Lisa riss die Zimmertür auf, ab jetzt gab es kein Entrinnen.

Sie schleppte mich zur Champs-Élysées, wo in einer versteckten Seitenstraße, in einem Pariser Salon für exklusive Brautmoden, ihr Hochzeitskleid um einige Zentimeter verlängert werden musste.

Tina-Lisa trat aus der Ankleidekabine. Sie trug einen champagnerfarbenen Traum aus Spitze, lang und schmal geschnitten. Die schulterfreie Korsage war mit glitzerndem Strass bestickt und hauchdünner Chiffon verlief kreuzförmig unter der Brust nach hinten, um sich in eine lange Schleppe zu ergießen. Ein kurzes Bolero-Jäckchen aus rubinrotem Satin bedeckte ihre braungebrannten Schultern. Ihre schwarzen Locken waren mit mehreren funkelnden Spangen gebändigt, in denen sich der zarte Brautschleier irgendwann mit der Schleppe vereinte. Sie sah atemberaubend schön aus. Glänzende Satinschuhe und ellbogenlange Satinhandschuhe in abgestimmten Rottönen ergänzten ihren spektakulären Auftritt.

Ich atmete tief durch und klatschte hingerissen Beifall. Auf das Gesicht des Bräutigams durfte man gespannt sein.

Und dann trat eine Verkäuferin, mit einem eisblauen Satinkleid auf dem Arm, auf mich zu. Sie lächelte mich verbindlich an und dirigierte mich in eine geräumige Umkleidekabine. Meine verrückte Freundin hatte mir tatsächlich ein Brautjungfernkleid vom Feinsten spendiert und freute sich unbändig über mein verblüfftes Gesicht.

Ich schämte mich zu Tode über meine biedere Baumwollunterwäsche. Zum Glück war sie wenigstens aus merzerisierter Baumwolle, aber trotzdem reichlich brav.

Die Farbe des Kleides passte zu meinen Augen und der einfache, aber edle Schnitt ließ einen hohen Preis vermuten. Ich schaute begeistert in den großen Spiegel und war mit meinem Spiegelbild hochzufrieden. Ich lehnte mich an meine beste Freundin und stellte fest, dass wir ein schönes Paar waren.

Sie strahlte mich an: »Na, was meinst du dazu?«

Ich umarmte sie tief gerührt und drehte und wendete mich, bis mir schwindlig wurde. Und musste neidvoll zugeben, dass ich, obwohl in hochkarätiger Pariser Eleganz gewandet, nie im Leben der Braut das Wasser reichen würde.

Aber das gehörte sich auch so.

Vorab stand erst einmal die standesamtliche Trauung an. Ich hatte den zimtroten Hosenanzug aus Naturseide eingepackt und hoffte damit in dem ehrwürdigen Rathaus des 4. Arrondissements bestehen zu können. Was ich nicht wusste, war, dass das Brautpaar seine Gäste anschließend zu einem Mittagessen ins Maxim in der Rue Royale eingeladen hatte.

Was soll ich sagen: Die standesamtliche Trauung fand in einem schlichten, holzgetäfelten Raum im örtlichen Rathaus statt und war eine ziemlich enttäuschende Angelegenheit von nur einer knappen halben Stunde. Die Fotografen wurden angehalten, ohne Blitz zu arbeiten. Die amtierende Bürgermeisterin glänzte optisch durch eine schwere, goldene Amtskette und Grübchen in den Wangen. Sie sprach ein paar nette Worte über das Brautpaar, wiewohl der Schwerpunkt eher auf den stadtbekannten Bräutigam und dessen Familie ausgerichtet war.

Die Trauung ging relativ unspektakulär vorüber. Einzig die festlich gekleideten Gäste und ihre eindrucksvollen Fahrzeuge, wie auch die zahlreichen

Fotografen vor dem Rathaus, waren für die flanierenden Passanten ein aufsehenerregendes Schauspiel.

In der Rue Royale rauschte die Braut in ihrem kniekurzen, knallroten Satinkostüm durch die Jugendstilfassade des Luxusrestaurants, und ihr kleinwüchsiger Gatte glänzte in vornehmen, grauen Zwirn an ihrer Seite.

Die Creme de la Creme aus der adeligen Verwandtschaft und ein paar sehr enge Freunde aus den Pariser Künstlerkreisen gaben sich in feinen Roben und gewagten Kreationen die Klinke in die Hand.

In den Räumlichkeiten funkelten die Lichter in opulenten Leuchtern, ohne das gedämpfte Licht an den Tischen zu stören. Schillerndes Art déco an Fenstern und Säulen reflektierte in den glänzenden Spiegeln. Schweres Parfum lag in der Luft. Die runden Tische waren in Damast, Silber und Kristall gedeckt.

Ich kannte das üppige Dekor nur von Postkarten, aber die Wirklichkeit nahm mir buchstäblich den Atem.

Berühmtheiten wie Marcel Proust, die Windsors, die Sagan, die Bardot, die Dietrich, das Ehepaar Sachs und Herr Onassis mit seiner Callas, sind hier ein- und ausgegangen, und ihre signierten Konterfeis an den Wänden erinnern an längst vergangene Zeiten.

Es gab eine Sitzordnung, und es raschelte diskret als sich die Damen in ihren knisternden Roben setzten. Ich saß an einem Tisch mit mir völlig unbekannten Leuten. Man stellte sich vor und unterhielt sich nach kurzer Zeit quer über den ganzen Tisch.

Ich saß zwischen einem distinguiert aussehenden, grauhaarigen Herrn unbestimmten Alters und einem angesagten Promi-Friseur, der offensichtlich mit Frauen und insbesondere mit mir nichts anzufangen wusste. Gegenüber plapperte die Freundin eines Künstler- kollegen von Maurice mit einem zerknittert wirkenden Herrn, dessen Tränensäcke jedem Schönheitschirurgen ein dringendes Anliegen hätte sein müssen. Die neben ihm sitzende Dame in eleganter Robe kam mir irgendwie bekannt vor, und ich erfuhr, dass sie eine recht bekannte Schauspielerin aus der französischen Fernsehunter- haltung sei.

Im Grunde bin ich unbändig stolz auf mein gutes, akzentfreies Französisch, aber plötzlich hatte ich das Gefühl auf einem anderen Planeten zu leben. Eine stakkatoartige Sprache rauschte rechts und links an mir vorbei, und auch von gegenüber hatte ich nichts anderes zu erwarten. Ich hatte große Mühe, auch nur einen kleinen Teil davon zu kapieren. Niemand nahm Rücksicht auf mich, geschweige denn nahm man meine Person überhaupt zur Kenntnis.

Ich konzentrierte mich aus Mangel an Unterhaltung auf das Essen.

Abgesehen von den exquisiten Champagnercocktails, erlesenen Weinen und noch mehr Champagner, war das Menü ein Knaller in Farben, Texturen und Gaumenfreuden. Die abgehobene Kritik meiner Tischgenossen, von wegen Qualitätsverwässerung durch Touristen, verstand ich sowieso nur zu Hälfte und war nach meiner Auffassung auch völlig daneben.

Also stürzte ich mich auf die *amuse-gueules* (in Frankreich zieht man seltsamerweise auch in höheren Kreisen diese Bezeichnung dem in Deutschland bekannteren Begriff der *amuse-bouches* vor), auf die Hors d'Œvres, die Fischkreationen und die Wildvariationen. Ich schwelgte in Käsevielfalt und Dessertschöpfungen. Und trank genüsslich die auserwählten Getränke.

Die hochgezogenen Augenbrauen meines Gegenübers übersah ich großzügig und hatte eine Menge Spaß mit den Kellnern.

Wie ich in mein Zimmer am Quai d'Anjou gekommen war, entzieht sich meinem Gedächtnis, aber Maurice meinte, dass die bekannte TV-Schauspielerin noch heute von meiner achtvollen Rede für die Verteidigung zur Erhaltung des französischen Rohmilchkäses schwärmt.

Viel Zeit, um mir Paris anzusehen, blieb nicht. Aber ich lernte noch die Mutter von Maurice bei einem privaten Abendessen in ihrer prachtvollen *belle étage* kennen und war von der Herzlichkeit der alten Dame überwältigt.

Die hohen Räumlichkeiten glänzten stilvoll aus einer mir unbekannten Epoche, und dicke Kirman Teppiche bedeckten das elegante Parkett. Die tiefen Fensterflügel waren mit schweren Vorhängen und befransten Schabracken üppig dekoriert, und auf dem Flügel standen in Silber gerahmte Familienfotos. An den Wänden hingen zahlreiche Gemälde aus Maurice Künstlerkreisen, und zu meiner Verblüffung passten die modernen Bilder ausnehmend gut zu den antiken Möbelstücken.

Entweder hatte hier ein hochdotierter Innenarchitekt einen lukrativen Auftrag erhalten, oder die Vicomtesse Beaufort hatte selbst ein begabtes Händchen.

Selbstverständlich gab es ausreichend Personal rund um die Patriarchin, das uns professionell und diskret bediente.

Der anmutige Charme und feine Humor der alten Dame überraschte mich völlig, als sie mir augenzwinkernd vom Erfolg meiner *bataille du fromage cru* im Maxim berichtete. Meine mit viel Champagner arrosierte Rede musste bei einigen Hochzeitsgästen großen Eindruck hinterlassen haben, und ich war mit meiner Verteidigung für den französischen Rohmilchkäse offenbar zum Pariser Stadtgespräch geworden.

📖

Jean-Jacques und Jacqueline waren in der Zwischenzeit fleißig gewesen und hatten eine prächtige Hochzeit auf dem Lande vorbereitet.

Das Dorf stand Kopf. Maurice und Tina-Lisa hatten die Bewohner am Vortag der kirchlichen Trauung zu einem Umtrunk in das Dorfgemeinschaftshaus geladen. Das ganze Dorf sollte kommen.

Der große Saal war mit bunten Bauernblumen festlich geschmückt, und ein Dutzend junger Mädchen servierte kleine Häppchen und schenkte Champagner aus. Ein Discjockey untermalte das Ganze mit alten und neuen Schlagern, und die Dorfbewohner amüsierten sich prächtig. Man stand mit einem Pappteller voller Häppchen in der einen, und einem Champagnerglas in der anderen Hand im Saal herum oder drängelte sich im Vorgarten.

Unmengen dickbauchiger Flaschen leerten sich rapide.

Aus dem Nachmittag wurde früher Abend und so mancher Dorfbewohner sang auf seinem Nachhauseweg aus voller Kehle. Nicht nur das Dorf war trunken vor Glückseligkeit, auch dem Brautpaar war das pure Glück ins Gesicht geschrieben.

Ich war aufgeregt und kämpfte am nächsten Morgen mit dem Reisverschluss meines neuen Kleides. Das exquisite Menü im Maxim hatte seine Spuren hinterlassen.

Die Kirche war rappelvoll. Dicht gedrängt saßen elegant gekleidete Damen und Herren in den Bänken, ein paar Kinder in pastellfarbenen Kleidchen und modischen Knabenanzügen tollten in den Gängen herum. An jeder Kirchenbank war ein kleines

Blumengebinde aus roten und weißen Rosen mit bestickten Schleifen angebracht. Den Altar umrahmten große rote-weiße Rosengestecke auf hohen Gestellen. Ein roter Läufer bedeckte den Mittelgang zum Altar, und der Orgelspieler wartete ungeduldig auf den Einzug der Braut.

Ich war sehr aufgeregt und stand seitlich vom Altar in meinem kneifenden, eisblauen Brautjungfernkleid neben dem jungen Mann, der mir schon auf dem Pariser Standesamt als Sohn von Maurice bestem Freund vorgestellt wurde. Und der mein männliches Pendant und damit auch Andreas Ersatztrauzeuge war.

Daneben stand der Bräutigam etwas verloren herum. Maurice war in einen traditionellen englischen Cut gewandet und sah in den graugestreiften Hosen und dem frackähnlichen dunklen Jackett sehr vornehm aus. An seinem Revers steckten eine prachtvolle Rose und eine wundervolle Orchidee.

Zwei kleine Mädchen warteten mit Rosenkörbchen auf ihre Streupflicht, und ein schmächtiger Junge im weißen Anzug stand hippelig daneben. Er hielt krampfhaft ein weißes Kissen mit den Trauringen in seinen kleinen Händen. Seine Mutter wachte mit

Argusaugen, dass die kostbaren Eheringe nicht vom Kissen kollerten.

Der nervöse Dorfpfarrer trippelte aufgeregt in seinem bestickten Ornat vor dem Altar hin und her.

Dann dröhnten die mächtigen Töne der Orgel durch das Kirchenschiff und Jean-Jacques und die wundervolle Tina-Lisa schritten eindrucksvoll durch das Kirchenportal. Man hörte Maurice einmal kurz trocken schlucken und seine Augen klebten förmlich an der hochgewachsenen, in weiße Spitze und zartem Chiffon gewandeten Braut. Tina-Lisa hatte einen fulminanten Brautstrauß aus roten Rosen, gemischt mit weißen Orchideen in ihren Händen, und an ihrem Hals glitzerte ein Collier aus blassblauen Aquamarinen. An einem Ringfinger funkelte ihr Verlobungsring in der gleichen Farbe.

Plötzlich wurde es mucksmäuschenstill in der Kirche. Durch die bunten Glasfenster fielen schräge Sonnenstrahlen und einige Staubkörnchen tanzten in der Luft. Jean-Jacques stellte die Braut neben den Bräutigam, der aussah als würde er gleich in Ohnmacht fallen. Nach einem kurzen Räuspern hielt der Geistliche mit sehr viel Pathos seine Rede, und die kirchlichen Rituale rauschten in ehrfürchtiger Folge an uns vorbei. Die Ringe wurden getauscht, und der Bräutigam durfte die Braut küssen.

Dann erschallten nochmals die mächtigen Töne der Orgel, und das kraftvolle Timbre von Frankreichs berühmtester Rocklegende erhob sich in dem Kirchenschiff.

Nie wieder habe ich das Ave-Maria sanfter und gefühlvoller singen gehört. Ud nicht nur mir liefen die Tränen hemmungslos über die Wangen.

Als das Brautpaar über den roten Teppich zum Ausgang schritt, warfen die Pastellmädchen eifrig Rosenblätter vor die Füße der Frischvermählten, und am Kirchenportal prasselte eine Woge Reiskörner auf Cut und Spitze.

Auf der Treppe schmiss die Braut ihren wundervollen Brautstrauß rückwärts in die Menge. Ausgerechnet die älteste, aber immer noch unverheiratete Tante des Bräutigams, fing ihn auf. Es gab ein großes Hallo und viel Gelächter; man durfte auf eine betagte Seniorenhochzeit gespannt sein.

Die beiden duckten sich und liefen schnell die Treppe hinunter, um dem harten Segen zu entfliehen.

Die bestellten Fotografen baten um aufwändige Posen, um das Brautpaar und die Gäste möglichst effektvoll abzulichten.

Im Garten der Entenfarm schritt das Brautpaar durch einen mächtigen rot-weißen Rosenbogen, und ein Dutzend weißer Tauben stob in die Luft.

Klatschender Beifall, viele Freudentränen und noch mehr Champagner flossen.

Die Entenfarm war ausschließlich für die Hochzeitsgäste reserviert, und der Speisesaal sowie die große Terrasse liebevoll mit Rosen, feinem Porzellan und spektakulären Tischbändern eingedeckt. Tina-Lisa hatte sie, zusammen mit den Kirchenschleifen und den Menükarten, nach eigenen Entwürfen von einer Computerfirma sticken lassen. Sie sahen edel aus, ein wenig zu perfekt vielleicht, trotzdem dachten viele, dass meine beste Freundin diese kleinen Meisterwerke mühevoll selbst gefertigt hätte.

Die Menüfolge versprach exquisite Gaumenfreuden rund um die Ente, und eine Fünfmann-Kapelle mit einer blutjungen, hochbegabten Sängerin sollte für die entsprechende Stimmung sorgen.

Ich saß wieder einmal mit wildfremden Menschen an einem Tisch, aber es ging hier wesentlich lustiger zu als in dem Nobelrestaurant in Paris. Und wieder einmal trank ich entschieden zu viel Champagner. Bald hatte ich einen ordentlichen Schwips.

Nach dem obligatorischen Brauttanz forderte mich der Bräutigam zum Tanz auf. Danach Jean-Jacques und danach unzählig viele, sehr nette Franzosen, die ausnahmslos erfreulich gute Tänzer waren. Ich amüsierte mich für eine Weile prächtig und trank noch mehr Champagner als mir gut tat.

Nach ein paar Stunden stellte ich fest, dass mir alle Tänzer dieser Welt meinen angetrauten Ehemann nicht ersetzen konnten.

Später am Abend, sehr viel später, trollte ich mich in Richtung Eulenhaus und heulte auf dem Heimweg hemmungslos vor mich hin. Warum nur konnte Andreas an so einem Abend nicht bei mir sein?

Ich schleuderte die hochhackigen Schuhe von den Füßen, zerrte mir das kneifende Kleid vom Körper und schenkte mir noch ein Glas Champagner ein. Vorsorglich hatte ich mir eine ganze Flasche mitgenommen.

Ich fuhr den Computer hoch. Ich wollte Andreas unbedingt noch heute Nacht alles haarklein berichten und ihn auch ein wenig eifersüchtig machen auf das, was er wegen seiner blöden Schule verpasst hatte.

Ich nahm noch einen tiefen Schluck aus dem Champagnerglas, und ein versöhnliches Seufzen, ohne schmerzende Füße und ohne einengende Nähte, stahl sich von meinen Lippen.

Eine Nachricht von Andreas blinkte auf dem Monitor. Ein breites Grinsen flog über mein Gesicht. Na bitte, er war doch neugieriger als ich dachte.

Ich begann den Text zu lesen und verstand erst einmal gar nichts. Die Buchstaben tanzten vor meinen Augen, und erst nach und nach begriff ich den Inhalt:

Er habe Chantal im Internet gesucht und auch gefunden. Er habe sich mit ihr mehrmals in Grasse getroffen, und die alte Leidenschaft sei wieder aufgeflammt. Sie sei eine wunderbare, lebensfrohe Frau, und er fühle sich so jung wie noch nie. Durch sie sei ihm erst bewusst geworden, wie viel er im Leben verpasst habe. Und es täte ihm leid, aber es wäre für alle Beteiligten wohl das Beste, wenn ich vorerst in unserem Haus in der Champagne bliebe.

Ich starrte fassungslos auf den Monitor und wusste nicht, ob ich vor Enttäuschung und Wut schreien oder weinen sollte. Wusste nicht, wo ich mit meiner Trauer und meinem Zorn hin sollte.

Mein Mann hatte sich in meiner Abwesenheit gelangweilt und gezielt nach seiner Jugendliebe geforscht. War absichtlich ausgebrochen und hatte mich belogen, hatte mich betrogen.

Ich schnappte nach Luft und starrte auf die Mail.

Von wegen Ferienfreizeiten, von wegen kranker Kollege! Alles nur Lüge!

Fragen über Fragen hämmerten in meinem Kopf: Warum ist Andreas ausgebrochen? Was hatte ich falsch gemacht? Warum hatte diese Ehe ein paar Monate Trennung nicht überstehen können? War das alles meine Schuld? Was ist das überhaupt für ein Leben, was für eine Ehe gewesen? Kann man ein gemeinsames Leben einfach so wegwerfen?

Ich musste plötzlich alles in Frage stellen.

Ich schaute auf das Glas in meiner Hand. Die Realität traf mich mit voller Wucht. Meine Welt brach zusammen.

Plötzlich hatte ich keine Vergangenheit mehr, keine Gegenwart und auch keine Zukunft.

In der blassgoldenen Flüssigkeit zerplatzten die Champagnerperlen - wie mein ganzes Leben mit Andreas.

Ende

Über die Autorin

Linde Richter bringt als Autorin und Interpretin aus dem politischen Kabarett langjährige Erfahrung im Schreiben ein. Das Spiel mit Worten ist gereift und baut auf die Basis von drei Jahren Sprachstudium und Jobs in Paris und London sowie an der Costa Brava auf. Stationen wie Vier-Sterne Hotels in London, Positionen in einer amerikanischen Fluggesellschaft und für ein internationales Unternehmen der Luft- und Raumfahrttechnik ergänzen dies. Die erfolgreiche Integrationsberatung für internationale Klienten ist dabei das Kommunikations-i-Tüpfelchen der Autorin.

Heute lebt Linde Richter wenige Kilometer südlich von Frankfurt am Main und hat sich einen Jugendtraum erfüllt. Sie kaufte ein altes Fachwerkhaus in der Champagne, das sie jeden Sommer mit viel Begeisterung als Ferienhaus nutzt. Dort beginnt die Autorin meist ihre neuen Werke zu schreiben.

Champagnerperlen

süß-sauer

von Linde Richter

Mit 15 französischen Rezepten
Der Folgeroman von
„Maison Chouette. Mein
Ferienhaus in der Champagne"
von Linde Richter

Lilly hasst Entscheidungen. Seit einem Jahr und drei Wochen muss Lilly sich ganz alleine entscheiden, denn ihre Scheidung war fraglos nicht ihre Entscheidung gewesen. Die hatte Andreas ganz alleine entschieden. Ein Umzug steht an.

Ihr Verlag will einen gastronomischen Wegweiser herausbringen, Schwerpunkt französische Spezialitäten mit einem kulinarischen Wörterbuch, und Lilly soll darüber schreiben. Auch hier steht eine Entscheidung an.

Ob so was gelesen wird? Ihre Literaturagentin sagt Ja, und Lilly zieht für ein Jahr in ihr Ferienhaus in der Champagne. Sie futtert sich durch exquisite Köstlichkeiten und gewöhnungsbedürftige Spezialitäten, und sie sammelt leckere Rezepte aus ihrem Umfeld.

Neue Abenteuer rund um das Eulenhaus bestimmen ihr Leben am Lac-du-Der Chantecoq. Ungewöhnliche Nachbarn, zwei mysteriöse Todesfälle und ein Sturm, der mit 180 Stundenkilometer durch das Dorf fegt, bringen ihren schöpferischen Zeitplan haltlos durcheinander. Und dann ist da auch noch Heudebert, und wieder muss sie sich entscheiden. …

Paperback   **ISBN 9 783753 407692**

E-Book   **ISBN 9 783753 485607**

Über Brücken Mücken und andere Tücken

von Linde Richter

Leoni hat den langweiligsten Job auf Erden. Sie arbeitet als Apothekerin in einem in die Jahre gekommenen Kreiskrankenhaus und hat ein Verhältnis mit ihrem verheirateten Chef. Langweilig.

Aber dann gewinnt ihre beste Freundin eine Flusskreuzfahrt auf der Loire. Und Leonie darf mit.

Auf dem Kreuzfahrtdampfer stimmt was nicht. Die Besatzung wird immer seltsamer und die Gäste immer skurriler. Kuriose Dinge geschehen an Bord.

Und auch die Freundin verbirgt ein dunkles Geheimnis. Und da ist auch noch diese rätselhafte Tinktur, die ihre finnische Kollegin ihr anvertraut hat. Und ein fest verschnürtes Päckchen, das so manche Begehrlichkeiten weckt.

Paperback **ISBN 9 783756 840878**

E-book **ISBN 9 783756 805525**

Wortschätzchen

von Linde Richter

Kunterbunte Kurzgeschichten in einem Mix voller Abenteuer, Krimi, Mystik, Utopie und Romanzen.

Kurzgeschichten, die in der Vergangenheit, in der Gegenwart und auch in der Zukunft spielen. So wie Kindheitserinnerungen aus dem amerikanisch besetzten Nachkriegsdeutschland, vergnügliche Reisen rund um den Globus, Unfassbares von anderen Planeten und Alltägliches - auf die Spitze getrieben. Manchmal nachdenklich, oft vergnüglich und immer mit einer guten Portion Augenzwinkern.

Kunterbunt eben, wie versprochen.

Paperback   **ISBN 9 783754 353776**

E-book   **ISBN 9 978375 4376294**

Die bestellte Frau

von Linde Richter

Linda hat einen aufregenden Job. Sie arbeitet für eine amerikanische Fluggesellschaft und ist viel unterwegs. Offiziell kümmert sie sich um Probleme mit unzufriedenen Passagieren, inoffiziell darum, dass der Ruf ihrer Fluglinie nicht beschädigt wird.

Linda ist mit allen Wassern gewaschen und lässt sich unkonventionelle Lösungen einfallen, die meist vergnüglich ausgehen. Privatleben ist für Linda ein Fremdwort bis sie einen charismatischen Politiker trifft. Doch der Regierungsbeamte ist ein vielbeschäftigter Mann. Und da sind auch noch die Leibwächter. Das bringt fast unlösbare Probleme mit sich.

Doch Linda wäre nicht Linda, um nicht Lösungen zu finden. Sie jongliert mit dem Jetzt und dem Morgen und wird mehr und mehr zu einer bestellten Frau.

Paperback   **ISBN 9 783749 487158**
E-book   **ISBN 9 783748 179214**

Und immer ist es der falsche Job

von Linde Richter

Gitti hat Geldsorgen. Frisch geschieden zieht die Frührentnerin in das ehemalige Versorgungshaus einer Seniorenresidenz. Ihr Umfeld hat viel Zeit und beobachtet Gittis Privatleben neugierig. Gitti versucht sich in aufregenden Nebenjobs und wird unfreiwillig in komische Situationen, menschliche Turbulenzen und packende Todesfälle verwickelt. Die ehemalige Versicherungsagentin hat einschlägige Erfahrungen im investigativen Bereich und unterstützt - nicht ganz freiwillig - Kriminalhauptkommissar Wolfram, der ihr immer wieder über den Weg läuft. In der Kleinstadt tobt der Bär.

Paperback   **ISBN 9 783749 421718**
E-book   **ISBN 9 783749 487561**

Parlez-vous français ?

Maison Chouette.
Mein Ferienhaus in der Champagne

Gibt es jetzt auch in französischer Sprache:

Maison Chouette

Pied-à-terre d'une Allemande en Champagne

von Linde Richter

Paperback   **ISBN 9 783753 403281**

E-book   **ISBN 9 783757 837419**